長野の怖い話

亡霊たちは善光寺に現る

丸山政也・一銀海生

まえがき

長野県民は自分たちのことを信州人と呼ぶことが多い。特に高齢者ほど、その割合が高いようだ。

長野という県名より、信州のほうが通りもいいし愛着があるのかもしれない。そういうこともあり、本書のタイトルは本来『信州の怖い話』としたいところではあったが、既刊とのバランスを考慮して、『長野の怖い話』とさせていただいたことを、最初にご報告しておきたいと思う。

信州は大きい。

面積はおよそ一万三千五六二平方キロメートルで、日本の都道府県の中では、北海道、岩手、福島に続いて第四位の広さである。これは首都圏（東京都、神奈川県、埼玉県、千葉県）一都三県の合計（一万三千五六三平方キロメートル）とほぼ同じで、県内だけの移動でも、かなりの時間を要する場合がある。大まかに分けると、北信、東信、中信、南信の四つの地域で構成されるが、それぞれが自然地理や歴史、食、交通、産業などの面で、まったく異なった文化を有しているのが面白い点だ。

近年、信州が話題に上ることが多いのは、長寿県であることや移住希望先で上位にランキングされるからだろう。それはおそらく豊かな自然に恵まれていること、都会と田舎が共存しているところ、首都圏へのアクセスが行いやすい点などが理由と思われる。そういったポジティブな面がスポットを浴びるのは結構なことだが、けっしてそれだけではない暗い過去があることも、また事実である。県の歴史があれば、その分ひとの営みがあり、県域が広ければ、それだけいろいろなことが起こりやすいともいえる。

太平洋戦争時は、首都圏や広島市・長崎市、沖縄県のように甚大な被害こそなかったが(長野市と上田市では空襲が行われた)、多くの疎開者の受け入れ先であり、他県から移ってきたひとの数だけのドラマがあったことは想像に難くない。また長野市松岡には飛行場があり、ここから飛び立って二度と帰ることのなかった多くの特攻隊員たちのことを想うと胸が痛くなるばかりだ。特攻隊員は長野県出身の若者も相当数いたと聞く。また忘れてはならないのは、戦争末期に行われた松代大本営の地下壕建設工事である。この事業が行われたことにより、多くのひとびとが亡くなったことはよく知られている。

また中世においては、武田信玄による侵攻などを受け、多くの合戦が行われた悲惨な歴史がある。合戦の跡地は現在では公園として整備されており、当時を忍ぶ様子もないが、昭和の中頃までは、田舎のほうだと割合に昔の雰囲気が残っていたものだ。

自然災害は比較的少ないように感じるが、多くの活火山や活断層を有しているため、古くは天明の大飢饉をもたらした浅間山の噴火や、およそ一万人の死者を出した善光寺地震が発生した。

近年では、長野県西部地震や東日本大震災後の長野県北部地震、まだ記憶に新しい御嶽山の噴火では五十八名もの方が亡くなり、これは戦後最悪の火山被害となった。

それだけではない。雄大な日本アルプスが県内に存在するので、通年、登山やウィンタースポーツ目的のひとたちが多くやってくるが、滑落や雪崩などによる事故死が毎年起きている。

移住先だけでなく観光地としても人気の信州だが、華やかさだけではなく、このような一面もあることは心に留めておくべきだろう。

これらのことを踏まえて、本書は近現代の怪談実話と民話からの再話の二本の柱で編むことにした。

怪談実話に関しては、新たに書き下ろしたもの、またルポルタージュや文献を参考に近代以降の話を選び出し、リライトしている。

民話に関しては、その特性上、牧歌的な内容や語り口になりがちだが、膨大な量のなかから、幽霊や怨霊に関連していて興味深いと私自身が思ったものを選んでいる。古代の話は神話的要素が強いので、ここでは主に戦国時代から江戸時代に掛けての史跡が残り、本当にそのような出来事があったとおぼしき話を、極力、外連味のない文章で再現するように努めた。

類書との差別化という点で、この二本の柱の物語構成は画期的ではないかと自負している。あえて章立てにせずランダムに並べたことで、時代往還のような妙味を感じていただければ幸甚である。

現在、心霊スポットに関した書籍は、季節を問わず様々な出版社から刊行されている。インターネットでもそういったサイトを数多く見かけるが、紹介されているものを精査してみると、かつて忌まわしい事件など一度も起きたことのない、単なる廃墟である場合が多く、起きたとされる怪異も土地柄など関係のない、つまりどこにでもあるようなものばかりで、根も葉もない噂話であることが大半だ。

またそのようなところでも、れっきとした所有者がおり、噂が広がることで迷惑を被っているケースが多い。そういった場所が心霊スポットとして有名になったのは、主にネットが普及してからだが、とりわけ匿名掲示板から発祥した話は信憑性が低く、事実でないことが殆どとあって、安易に書籍に載せることは避けなければならなかった。

そういった事情から、読者の方が「あの場所が載っていない」、などと感じることはあるかもしれないが、そのような理由があることを、読んでいただく前に是非知っていただきたいと思う。

県内に住んでいても郷土史というものに関心のない方もおられるだろう。本書がそういったものに少しでも興味を抱くきっかけになれば、著者としてはこの上ない喜びである。また他県から信州へ旅行に来られるという方には、一般的なガイドブックと本書を携行していただくことで、より深い旅行をお愉しみいただけるものと期待する。

最後に、本書は多くの文献を参考にさせていただいたが、それぞれの著者の先生方に厚く御礼を申し上げたいと思う。また不可思議な体験談をともにご執筆いただいた一銀海生氏、出版にいたる最後までご助力くださった担当編集氏にも深く感謝の言辞を述べたい。

丸山政也

長野の怖い話　亡霊たちは善光寺に現る　目次

一　トンネルで聞いた声（東筑摩郡）

平成元（一九八九）年の五月のことだという。

保険外交員のNさんはその日、松本市から青木村に住む顧客の家に向けて車を走らせていた。

国道一四三号線と名が付いてはいるが、畝々《うねうね》とカーブが続く、鬱蒼とした峠道である。

山道に差し掛かったところで、急にこめかみが痛くなり始めたので、青木村に着いたら頭痛薬を買おうとNさんは思った。

素掘りの壁が珍しい会吉《あいよし》トンネルを抜け、更に進むにつれて、痛みは段々と強くなってくる。

日ごろ感じたことのない痛み方だったので、Nさんは少し不安に思った。気を紛らわせようとラジオをつけると、人気女性アイドル歌手の調子外れな歌声がスピーカーから流れてくる。それでも、それを聞いていれば、いくらか頭痛が忘れられるように感じた。

そして明通《あけどおし》トンネルに差しかかったとき。

ラジオの音に急にノイズがはしったかと思ったら、ふっと突然消えてしまった。が、暗いトンネル内とあってラジオの機械の操作ができない。短いトンネルなので抜けてから確認しようと思った、その瞬間。

「こんな……ゴボッ……ころさな……おねがい……いや、たすけて……このこだけ……」

そのような声がスピーカーから途切れ途切れに聞こえてきたので、Nさんは思わず耳を疑った。

トンネルを出ると、すぐに車を停めてカーステレオを見てみたが、ラジオ放送は途切れていない。

女性アイドルのおぼつかない歌声が車内に響いている。もしかしたら歌のなかにそんな歌詞があったのではないかと思ったが、淡い恋心を歌った曲なので、そんなはずはなかった。

時間を掛けて青木村に到着すると、なぜか頭の痛みがすっきりと消えている。

これだったら薬を買うまでもないだろうと、その足ですぐに顧客のところに行き、仕事を済ませた。そして松本市に帰ろうと再び車を走らせると、またもや激しい頭痛がNさんを襲った。

それも先ほどよりはるかに強い。なにか脳の深刻な病気ではないかと思ったほどだが、村内には大きな病院はない。仕方なく薬を買って飲んだ。車中では充分に休めないので小さな宿に泊まり、会社には出先で具合が悪くなったので今日は早退します、とNさんは電話で報告した。

その翌朝、体調は元に戻っていたが、宿の主人と奥さんが玄関先で近所の者と興奮気味に話し込んでいるので、なにごとかと思ったら、

「ああ、お客さん、バラバラ殺人があったっていうんですよ。そこの青木峠でですよ。こんなのどかなところで恐ろしい事件が起きちまって、もう驚いたなんてもんじゃないよ。いやあ、これは大変なことになった」

そういってその日の朝刊を見せてくる。そこには下記のような記事があった。

『五月十三日、長野県東筑摩郡本城村の青木峠近くで、幼児の死体と、母親らしい女性のバラバラ死体が見つかった事件は、新緑の美しい静かな山あいの斜面を、せい惨な雰囲気と多くのナゾに包み込んだ。長野県警は松本署に捜査本部を置き、二人の身元確認や、現

場近くにあった買い物袋と事件との関連調べなどを急いでいる。

母子らしい二人の死体は、十三日午後十時過ぎから、捜査員十五人によって沢伝いに歩いて引き揚げられ、遺留品と共に松本署に運ばれた。

死体が発見された急斜面の雑木林は、一ヶ月前に伐採されたばかりで、国道を通る車からは、かなり遠くまで谷底を見渡せる。斜面のこう配は三、四十度で、人が立つのも困難なほど急だ。

その斜面の半ばから下にかけて、まず二、三歳の男の子の死体。さらに、ナタのようなもので切断されたと見られる女性の右足、右腕、黒ビニール袋入りの頭などが散らばっていた。

現場を見て引き揚げてきた片岡陽・松本署長は、「子どもの顔はむくんで、何歳かも判断できない。女性はバラバラで、ビニール袋からは長い髪や手足の一部が飛び出していた」と、無残な様子を説明。女性の死体は、切断後にビニール袋に詰めて捨てられたが、袋は捨てられた時のショックなどで破れたらしい。

男の子は二、三歳と推定され、標準の発育なら歯が生えそろい、言葉もしゃべり出す、かわいい盛りだ。また女性は小柄で、きゃしゃな体つきを思わせる。

死体の散乱状況からみて、犯人は、女性を他の場所で殺害、切断した後、男の子と一緒に車で運び、国道から斜面に向けて投げ落としたとみられる。（途中略）青木峠の付近は、国道とはいえ、定期バスも走らない寂しい場所。一四三号に並行する別の国道にトンネルが開通してから車は減り、山菜採りやキノコ採りの人が通る程度の「抜け道」になっていた。』（一九八九年五月十四日　朝日新聞朝刊）

それを読んだ途端、Nさんは昨日のトンネルのなかで聞いた声のことを思い出した。あれは殺された母親の断末魔の叫びだったのだろうか？　しかし、声は車内のスピーカーから聞こえていたし、車外からの声だとしても、途切れ途切れではあったが、あれほどはっきりと聞こえるはずがない。自分があの道を通ったのは、捜査が始まる半日ほど前だったが、新聞の報道から考えると、母親がバラバラにされて捨てられたのはもっと前だったろう。

さらに不思議なのは、新しい道が完成したことを知っているのに、なぜ自分が「抜け道」でしかない、あの道を通ることを選んだのかということだった。

「今思うと、なにか呼ばれたような気がするんだよ。早く見つけてほしかったのかもしれないねえ」

そうNさんは語る。

帰りは違うルートで松本市に戻ったそうだ。それからは青木村に用事があっても、その峠道は使わないようにしているとのこと。

その後、犯人は逮捕されたが、殺された母子の夫だったという。

明通トンネルは、松本寄りにある会吉トンネルと同じく明治二十三（一八九〇）年に開通した、国道トンネルとしては国内最古のものである。

先述の通り、会吉トンネルは素掘りの壁に吹き付けをしただけの、いかにも時代を帯びたものだ。トンネルのなかには照明のようなものはなく、内部が狭いため信号による交互通行方式が使われている。これだけでも充分に不気味だが、過去にこのトンネルのなかで心中と思われる男女の焼死体が見つかった事件が起きたという。その影響か、会吉トンネル内の心霊体験談は非常に多い。

この物語で紹介したバラバラ殺人事件以降、明通トンネルは会吉トンネルと同様、すっかり怪奇スポットと化してしまったそうだ。

二　無人駅舎に立つ女（安曇野市）

板金工のHさんが中学三年生のときだというから、今から二十年ほど前のことだ。

当時のHさんは、いわゆる不良グループに属していた。といっても、髪の色を染めたり隠れて煙草を吸ったりする程度で、それほど大それたことをしていたわけではない。

「田舎っていうのもありますが、ああいう年頃は少しヤンチャなほうがモテるんですよ」

ある日、Hさんは友人のG君の家で、いつものように漫画を読んだりテレビゲームに興じていたりしていたが、ふと壁の時計を見ると、深夜の十二時をまわっている。

G君の両親は彼が幼い頃に離婚をしており、G君は母親とのふたり暮らしだった。

母親は駅前のスナックで働いているので、毎日帰ってくる時間が遅かった。そのうえ放任主義とあって、家中に煙草の煙が充満していても、うるさくいわれることはなかったそうだ。

G君の部屋は不良グループたちにとって、まさにうってつけのたまり場だった。

「眠たくなったので、オレそろそろ行くわ、といって、原付で帰ったんです。……ええ、あのころは無免許ですけどね。喉が渇いていたので、途中で自販機に立ち寄ったんですけど――」

Hさんがポケットに手を突っ込んで小銭を探していると、自動販売機の背後から黒いもやもやとした塊が地を這うように出てきた。思わず後ずさったが、すぐに一匹の黒い子猫だとわかった。

しゃがみこんで喉をさすると、子猫は眼を細めて、されるがままになっている。

昼に買った菓子パンの残りがあることを思い出し、シートの下から取り出すと、小さくちぎって子猫に与えた。パンをくわえると、子猫は再び自販機の背後の暗がりに戻っていく。

Hさんはホットコーヒーを買って、その場で一気に飲み干すと、また原付を走らせた。

田舎道とあって、深夜になると車は殆ど走っていない。

自宅まであと三キロほどの場所に差し掛かったとき――。

道路に面して木造の無人駅舎があり、その前に桜の巨木が一本だけ生えている。その木の下に、和服を着た女が一人で立っていた。

なぜか道路とは逆側の木のほうを向いているので、顔は見えない。後ろ姿の感じからすると、三、四十代というところか。

最終電車はとっくに終わっているはずだ。それに道路とは逆のほうを向いているのだから、タクシーを待っている様子でもない。

——なんなんだ？　この女。

深夜ということもあって、少し薄気味悪く感じながら、前を通り過ぎようとした直前、突然女が振り向いた。

青い。その顔が、青い。まるで顔だけ青色のライトを浴びせたかのようである。

果たして人間はあんな顔色になれるものか。

それに振り向いたのではなく、首だけが百八十度回転したのではないのか。——瞬間、そうH君は思った。

力いっぱいアクセルを吹かした。ミラーで背後を見る余裕もない。必死の思いでなんとか自宅までたどり着いたが、激しい胸の高鳴りはなかなか収まらなかった。

翌日、Hさんは G君に昨晩の出来事を話した。なにごとにも強がりたい年頃ではあったが、どうしても誰かに話したくて仕方がない。自分の心のなかだけで処理することができなかった。

帰り道に子猫にパンをあげたこと、駅舎の前で青い顔の女を見たことを話すと、G君は黙って話を聞いていたが、「なんだそれキモいな」と、ぼそりと、そう言っただけだった。

それから三日ほど経った日の学校の休み時間。

Y美という学年のマドンナ的存在の女子生徒がHさんのところにやってきて、

「H君って頭おかしいんじゃない？　子猫をひき殺したことを笑いながらひとに言いふらすなんて絶対どうかしてる。あたし猫が大好きだから、そういう神経本当に疑うよ。っていうか、最低——」

突然そんなことを言われたので、Hさんは面食らいながら、

「誰がそんなこといったんだよ、まさかGか？」

そう尋ねたが、Y美はなにも答えず、ぷいと横を向くと廊下の向こうに走り去っていった。

子猫をひき殺したとはなんのことだろう？——とそのとき、昨晩、自販機の前でパンを与えた黒い子猫のことを思い出した。

すぐにG君のところへ行き、Y美に昨晩の出来事をあることないこと脚色して話したかと問いただした。

「知らねえよ、なんのことだ？　つうか、誰にも話してねえし」

という。嘘をついている感じでもないので、なぜY美があんなことを言ったのか、不思議でならなかった。

その夜もHさんはG君の家で無為な時間をすごしていた。漫画を読み終わり、ふと時計を見ると夜の十時をまわっている。その途端、昨晩のことを思い出した。

今日は早めに帰ろうと腰を上げた。原付で家路に向かう。

あの場所を避けて帰ろうとも考えたが、そうするとかなり時間がかかってしまう。それに迂回などしたら、なんだかひどい臆病者のようではないか。

余計なものを見ないよう、道路だけを見つめて走った。が、例の場所が近づいてくると、自然と意識が桜の木のほうに向いてしまう。気にするな、気にするな、と思うほどに、視界の端に入り込んでくる。これはいったいどうしたものか。すると——。

女はいない。

最終電車の前とあって、駅舎にはまだ電気が灯っている。といっても、ぼんやりとした裸電球がひとつあるだけなので、かえって寒々しい印象だった。見るかぎりではひとの姿は見受けられない。ほっと胸をなでおろした瞬間。

ライトの照らす先、道路の真ん中に小さな黒い塊があるのが見えた。

なんだろう? あれは——。

塊を避けようとして、視界にとらえたとき、Hさんはにわかに総毛立った。

動物が轢かれている。

子犬か子猫だろうか。何度も踏まれたのだろう、半ばアスファルトにへばりついたようになっている。その周囲には臓物のようなものが飛び出していて路面を濡らしていた。通り過ぎる瞬間に生臭い匂いを感じたので、死んでからそれほど時間は経っていないと思われた。

「その道は、昔からやたらと猫ばかりが轢かれるんです。犬と違って、猫は一旦飛び出したら道路を突っ切ろうとしますからね。だから、あれもたぶん猫、それも黒い子猫だったと思うんです。僕がパンをあげた猫かどうかわかりませんけど――」


その日の夜。

自宅で寝ていたHさんは夢を見た。

辺りは薄暗いが、山の稜線にはわずかに残照が見られる。黄昏から夜の帳が下りようとする、そんな夕暮れどき――。

Hさんは原付にまたがり道路を走っている。ちょうどあの駅舎に差し掛かるところだったので、なにか厭《いや》な予感にとらわれながら、桜の木の下を見ると――いる。

女が立っている。

あの晩と同じ和服姿。唯一違うのは、木のほうではなく、道路を向いて立っていることだ。その顔は、やはりそこだけ切り取られたように真っ青だった。

女は腕になにかを抱えている。あれは、黒い子猫ではないのか?

女はHさんのほうに向かって、なにかを叫んでいるようだった。が、高く細い声で、なんと言っているのかわからない。どうしたことか、女の顔色が青から赤、そして緑色へと虹のように変わっていく。

――と、そのときだった。

猫が女の腕から飛び出してすっと地面に降り立ったかと思うと、Hさんの原付目掛けて一目散に飛び込んできた。ガンッ！、と猫を撥ねたところで、Hさんはがばりと飛び起きた。ぜえぜえと息が荒くなっている。夢であったことに胸をなでおろしたが、全身にじっとりと厭な汗をかいていた。


その翌朝。

休日だったので、友人の家に遊びに行こうと原付にまたがると、なにか違和感が生じた。なんだろうと降りてみると、フロントカバーの下部が大きく割れている。

どうしてこんなふうになっているのか。

もしかしたら、誰かに蹴られたのだろうか？　そう思って、よく見てみると、黒い毛のようなものが付いている。

その瞬間、夢で猫を撥ねたことを思い出した。しかし、夢の話である。

なんだか気味が悪くなり、友人の家に行くのはやめて、その日は家にこもっていたという。

「あれだけの破損だったら、僕も転倒しているはずですよ。でも、そんなことはありませんし、いったいなんだったんだろうと不思議で仕方がないんです。それに変なんです。あの夢を見た日から、Y美がいったように、僕が猫を轢き殺したというのは本当だったんじゃないかって、そんなふうに思えてしまって――」

後日、学校でY美に会ったときに例の話を誰から聞いたのか尋ねてみたが、軽蔑しきったような顔をされて、口も利いてくれなかったそうだ。

その後、なんだか原付には乗る気が起きず、長いこと放置していたが、家族の誰かがいつのまにか処分したようだった。

Hさんは今も安曇野にある奇妙な体験をしたその街に住み、近くの板金工場に勤務している。

件の道路は車で日常的に通るが、女の姿はあれ以来、一度も見ていないとのこと。

ただ、轢かれた猫の死体は時折見かけるそうだ。

三　ふたりのお菊（長野市及び北佐久郡）

全国に「お菊」という女性の幽霊にまつわる怪談話は多い。その殆どが、播州もしくは番町に代表される、いわゆる皿屋敷の伝承である。

しかし、信州に伝わるふたつの話は、いずれも皿屋敷ものではないので、若干趣が異なるように感じられる。

真田氏の家臣であった上野国の武将、小幡信貞（上総介）は腰元のお菊を寵愛していたが、これを正室が快く思わず、ある日、信貞の食膳に針を混入させて、これをお菊の仕業だと騒いだ。

無実の罪を被ったお菊は必死になって潔白を訴えたが、まったく聞き入れてもらえなかった。それどころか裸にされると、風呂桶に押し込まれ、そのなかに正室が家来に捕らえさせた数十匹の蛇を入れられて蓋をされてしまった。

「これでもまだ白状しないかッ！」

そう責め立てられるが、やっていないことをやったなどといえない。

すると、風呂桶のなかに水を入れられ、釜に火が点けられた。湯が沸き立つと、蛇はところかまわずお菊に絡みついてくる。その悲鳴は蓋越しにはっきりと聞こえてくるので、信貞もさすがにそろそろ拷問をやめようかと思ったが、傍で正室が喜々としているので、なかなかやめられないでいると、

「無実の者を責め殺す悪人どもよ、末代まで必ず祟ってみせる！」

そう恨みの言葉を残し、お菊は悶死した。

すると、その翌日から正室が急な病にかかり、激しい熱でうなされるようになった。どんな夢を見ているのか、

「お菊、わたしが悪かった。どうか、どうか許しておくれ。ああっ、なんて恐ろしい顔……」

正室は一週間ほどそのようなことを叫び続けた後、ついに死んでしまった。

それからというもの、憎悪にみちた表情のお菊の幽霊が、夜な夜な屋敷のなかを徘徊す

るので、暇を請う家来たちが後を絶たなかったという。

そうこうしているとき、真田藩の転封にともない、信貞は信州松代に移ることになった。一行が松代に着いたとき、どうしたことか、駕籠がひとつ多く来ており、その分の賃金を要求されたので、

「そんなはずはない。誰が乗っていたのだ?」

そう問うと、年の頃二十を少し越えたばかりのやつれた美しい女だった、というので、信貞をはじめ一行たちは、お菊がここまで付いてきたと戦慄したという。

その後、信貞が死亡し、血縁者たちにも不幸が続いたので、小幡の一族が金を出し合って、屋敷の敷地にお菊大明神の祠を建てて祀ったところ、凶事は鎮まり、お菊の幽霊も出なくなったそうである。

それからしばらくして祠に一匹の黒蛇が棲みついたが、明治の初め頃、ある農民がその近くで黒蛇を誤って殺してしまったところ、たちどころにその者は死んでしまったという。

現在、祠はある民家の庭先にひっそりと建っているそうだ。

これが有名な「番町皿屋敷」のルーツという説もあるようだが、この話は信州松代と群馬県に伝わっており、ともに史跡が残っているので、言い伝え通りではなかったとしても、言い伝えと似たようなことが実際に起きたのではないかと推察される。

また軽井沢にはお菊にまつわる別の話がある。

中山道六十九次のうち江戸から十八番目であった軽井沢宿は、一番盛んだったころは旅籠だけでも百軒近くあり、飯盛女も数百人ほどいたといわれている。

そのなかでも最も繁盛していたのは三度屋という宿で、百万石で知られる加賀藩の藩主が泊まるほどだったという。

その宿にお菊という美しい芸妓がいた。

あるとき、藩主に呼ばれて座敷に入るとき、つい片足に草履をつっかけたまま上がってしまった。それを見た藩主は、「この無礼者がッ！」、と逃げ惑うお菊を追いかけて、無慈悲にも裏の墓地のところで斬り殺してしまった。

不憫に思った宿の主人は、お菊の墓を建てて手厚く葬ったが、その後、墓石にお菊が斬られたときと同じような傷が浮き出して、血のようなものまで流れたという。

ひとびとは気味悪がり、墓を建て直してみたものの、その現象は止まなかったそうだ。

四　ミラー越しの女（南信地方）

居酒屋で私（丸山）が知り合ったTさんは、南信地方の市バスの運転手だという。

何度か店で顔を合わせるうちに、気がつくと飲み仲間のようになっていた。

ある日、自分が怪談書きであることを告げ、勤務中になにか怖い体験をしたことがないかと水を向けてみた。

真っ赤になった顔に皺を寄せて、腕を組みながら、ううむ、とひとしきりTさんは考え込んでいた。

「もうこのかた三十年ぐれえバスには乗ってるが、怖い目なんかには遭ったことはねえなあ。テレビでようやってるような、祟られたとか心霊写真なんていうのは、大方気のせいか作り物じゃねえのかな」

そういって笑った。

すると、その数日後、Tさんは私に電話を掛けてきて、

「すっかり忘れてたがせ、前に妙なことが一度だけあったんだわ。……ちゅうわけで、今晩どうです、一杯」

単に私と飲みたい口実かと思ったが、そうではないようだ。

これはそのときに聞いた話である。

十五年ほど前の、ある冬の夜のこと。

当時Tさんの受け持ちルートは、駅前から里山にかけての県道だった。

過疎化の進むその町で、バスに乗るのは老人ばかりだったという。

その日も最後の乗客を降ろした後、いつものように車庫に戻るため、山麓の道を走っていた。

すると――。

百メートルほど先の路肩に、赤いコートを着た女が立っていることに気づいた。

老人ばかりの町で珍しいなとTさんは思った。

バスが近づいてくるのを、じっと待っているように見える。

しかし、女の立っている場所は停留所ではない。それにTさんは業務をすでに終えている。

別に気に留めることはなかろうと、アクセルを踏み込んだ。

女の横を通り過ぎようとした、そのとき――。

「ひいッ!」

思わず、声が漏れた。

サイドミラーとルームミラーの両方に、赤いコートを着た女が映っている。

「外に立っとる人間が、バスのミラー全部に、しかも同時に映りこむなんてありえんわな。

それによ、ルームミラーを見たときに、運転している俺の真後ろに女は立っとったんだわ」

女がミラーに映ったのは、ほんの一瞬の出来事で、彼が奇妙な目に遭ったのは、後にも先にも、そのときだけだそうだ。

しかし、Tさんがその地域の受け持ちを離れた後も、同じ体験をしたという者が、しばらく続出したという。

五　龍神のお告げ（木曽郡）

大正十二（一九二三）年七月二十四日に起きた木曽谷の大洪水の際、もっとも被害が甚大だったのは、木曽谷の南部に位置する大桑村だったという。

洪水が起きる数日前、電気工事のために多くの土工が村に入りこみ、複数の現場にそれぞれ数十人が従事する形で、大掛かりな工事が行われていた。

そのなかで三十八人が一箇所に集まって作業を行う現場があった。

そのうちの土工のひとりが、崖の中腹につるはしを入れたところ、そのすぐ下に穴ぐらがあり、そこを覗いてみると数え切れないほどの蛇がとぐろを巻いて、ひしめき合いながら動いている。

それを見た土工たちは、気味が悪いだのなんだのといいながら、面白半分に蛇たちを殺して谷底に投げ捨ててしまった。

するとその夜、ある村人の夢に龍が現れて、土工たちに蛇を殺された報復として、今度の二十四日までに大桑村を水の底に沈めると告げた。

翌日、村人はその話を他の者たちに伝えると、純朴な村人たちはその予言をひどく恐れ、ある者は寺に経をあげにいったほうがよいと提案し、またある者は神に救いを願うしかないと騒いだ。

そして村をあげての盛大な蛇祭が執り行われたが、それは無駄なことだった。

二十四日に木曽谷は大洪水に見舞われ、龍神のお告げ通りに大桑村は壊滅的な被害を受けた。

その際に、先の土工三十八人全員が鉄砲水に流され、誰ひとりとして見つからなかったという。

六　幽霊の絵馬（長野市）

天明七（一七八七）年の春のこと。

長崎の商人である中村吉蔵が、念願の赤子をようやく授かり、赤子を抱いた妻とお供の者を連れて、一家四人、信濃国の善光寺に向かったそうだ。

長崎からはどうやっても二百里（約八百キロメートル）はあるので、到着するまでに三ヶ月は掛かると思われた。

途中までは調子よく進んだが、元々体が弱かった妻が流行り病に罹《かか》り、大阪まで来たところで力尽き果て、ついに亡くなってしまった。

一度は引き返すことも考えたが、乳飲み児を連れた女性を見かける度に声をかけて、赤子に乳を分け与えてもらいながら、吉蔵たち一行は善光寺をめざして北国街道を歩き続けた。

丹波島の渡し（現在の長野市丹波島橋の袂）まで来たところ、突然、死んだはずの妻がどこからともなく現れたので、吉蔵とお供の者は腰を抜かさんばかりに驚いた。

妻はわが子をいとおしそうに抱きしめ、ほろほろと泣いた。

それを見た吉蔵たちも涙が止まらず、大阪で妻を弔ったことも忘れて、四人で渡し舟に乗り込み犀川を渡った。


その後、無事に善光寺に到着し、四人でお参りを済ませた。

帰途につこうと本堂を出た途端、妻の姿がうすらぼんやりとなり始め、ついには跡形もなく消えてしまった。

やはり妻はこの世の者ではなかったのだと、ふたりの男たちは少し肝が冷えるような心持ちになったが、逃げ出したくなるほど恐ろしくはならなかった。

一時《いっとき》でも死んだ妻が自分のたちの前に姿を現すことができたのは、すべて善光寺如来様のご利益であろうと考えた吉蔵は、御礼に大きな絵馬を寺に奉納した。

それが本堂に掲げられると「幽霊の絵馬」として大変な評判になったそうだ。

現在、絵馬は本堂に隣接した日本忠霊殿（善光寺資料館）に展示されている。

七　白骨温泉（松本市）

乗鞍高原のほど近くに、「白骨温泉」という秘湯があるのをご存知だろうか。

字面だけを見るとなんだかおどろおどろしいが、「白骨」は「はっこつ」ではなく、「しらほね」と読む。

名前の由来は諸説ある。

単純硫化水素の湯は白く濁っているため、そこから名づけられたという説と、浴槽などに炭酸カルシウムが白くこびりつくことがあり、それが白骨のように見えるので、そこから名づけられたという説がある。

骨まで白くなる、という温泉にありがちな慣用句からネーミングされたのではないかと私は思っていたのだが、実際のところは不明だ。

温泉地としての歴史は古く、鎌倉時代から続いているとのこと。山間の隠れた温泉として数多の文人墨客《ぶんじんぼっきゃく》に愛されてきたという。

今（二〇一八年）から十年前の冬のこと。

松本市内に住む銀行員のＲ子さんは恋人と白骨温泉に出掛けた。

ふたりは長野県各地の温泉巡りを趣味にしていた。宿泊せずに風呂と食事だけを愉しんで帰ったそうだ。

温泉宿に着くと入浴料を払った後、彼氏と一旦分かれる。

すぐに女湯の暖簾をくぐって服を脱いだ。宿は古かったものの、露天風呂が有名なところで、Ｒ子さんはとても期待していた。

引き戸になっている風呂の扉を開ける。——が、誰もいない。

内湯のシャワーで躯《からだ》を洗い、野趣溢れる露天風呂に身を浸す。開放的で噂に違わず素晴らしい湯質だった。周囲の岩や庭木には雪が降り積もり、なんともいえない風情がある。

長湯をして露天風呂から上がり、内湯の扉を開ける。やはり誰もいない。

——これって貸し切りみたいね。なんて贅沢なのかしら。

髪を洗おうと、持参したシャンプーで頭を洗う。そしてシャワーの湯を曇った鏡に掛けた、その瞬間。

自分のすぐ背後に、男性の裸の腰が映っていた。

――えッ、なんで……？

一瞬、間違って男湯に入っていたのではないかと思ったが、そうであれば彼氏は女湯に入っていることになる。ふたりして間違えるなどということは、どう考えてもありえない。

――でないとすると、変質者……？

振り返るのが怖かった。が、ずっとこうしているわけにもいかない。泡だらけの頭で、恐る恐る首を廻してみた。すると――。

誰もいなかった。

内湯のなかは自分ひとり。立ち上がって露天風呂の方にも出てみたが、男性はおろか、他の客の姿はどこにもなかった。

もし誰かひとがいたとしても、女性であるはずだ。しかし、自分が見たのは間違いなく男性の下半身だった。それも、成人の男性――。

「泡だけ流してすぐに風呂を出ました。彼氏は一時間後にようやく。私がその話をすると、彼氏は真っ赤に火照った顔で、『おまえ欲求不満なのかよ?』なんていうんですよ。失礼しちゃいますよね」

それから二年ほど経った頃、その温泉宿は残念ながら畳んでしまったという。

だが、白骨温泉自体はまだ健在だ。観光客は比較的少なく静かな温泉地なので、長く逗留したい方には向いているだろう。

興味のある方は一度訪れてみてはいかがだろうか。

八

奇跡の六地蔵（飯山市）

平成二十三（二〇一一）年に発生した東日本大震災の翌日、長野県北部地震が起きた。三月十二日のことである。

その際、飯山市の西大滝地区にある六体の地蔵が、隣接している栄村の方角に一斉に向きを変えたという。

高さ七十センチほどの地蔵七体のうち、土台部分をコンクリートで固めた一体を除く六体が、それまでは千曲川のほうを向いていたのに、綺麗に九十度向きを変えて、まっすぐに栄村を見つめるようになったというのだ。

栄村は地震の震源地であり、二時間ほどの間に震度六の揺れに三度も見舞われ、道路や鉄道などの交通手段が断たれてしまった。当時、村のおよそ九割にあたる世帯に避難指示が出されたという。

西大滝地区では、住宅の倒壊などの被害はあったが、幸いにも大きなけが人はひとりも発生しなかった。これらのことはすべてお地蔵さんのおかげだと、地域のひとたちは帽子と腹掛けを毎年地蔵に贈り、手を合わせているそうだ。

今は栄村のほうを向きながら村の復興を見守っているのだろう、と地元のひとは語る。

この地震除け地蔵の噂はインターネットや口コミで広がり、今も県外から多くのひとたちが訪れるという。

九　満願寺の小僧火（安曇野市）

つつじの名所として有名な穂高栗尾山の満願寺は、心霊スポットとしても有名だ。霊験あらたかとされる寺社仏閣にそのような噂が立ってしまうのは、妙なことに思えるが、満願寺のように山深い場所にある場合、決して珍しいことではない。

特にこの寺には、おどろおどろしい描写の「地獄極楽変相之図」という大きな絵が飾られており、また参道入り口の駐車場近くには微妙橋という太鼓橋が掛かっているが、その下に流れる急流の沢は三途の川といわれ、橋を渡ることで彼の世と此の世を往還できると伝えられている。その辺りのいわれも噂に影響を与えているのだろう。

もっともこの寺は、安曇野一帯で野盗を繰り返した悪名高い八面大王を討伐した坂上田村麻呂将軍が戦勝を祈願した場所とも伝えられ、また江戸期には十返舎一九が逗留し、『続膝栗毛』を記したという由緒ある古刹（歴史がある寺）である。

ただ古くには、下記のような出来事があったと伝えられている。


いつの時代か、満願寺の北側に古びた小さな祠があった。

古《いにしえ》から、この寺の住職は毎夜丑三つ時に、この祠に御灯火を奉じなければならないというしきたりがあった。しかし、祠までの道は薄気味が悪く、普通の度胸の持ち主ならとても毎日できることではない。ある日、当時の住職がこの役目を十二歳になる小坊主に押し付けてしまった。

小坊主は最初のうちは大事な役目を任されたことを喜んだが、いざ本堂を出て祠に向かって歩いていくと、心細くて仕方がない。周囲は木々に覆われ、ただでさえ暗い道の闇をさらに色濃くしている。

時折聞こえる野鳥の声や、狐や野犬たちの光った目が木立の間からいくつも見え、毎晩身をすくめながらお勤めをしていた。

そして、ある雨の晩、ついに小坊主は無断でお勤めを休んでしまった。

そのことを知った住職は怒り狂い、

「御灯火をなんと心得ていたのかッ！　お前のせいで千年続いた御灯火が絶えてしまった！　この寺も、もう終わりじゃ!!」

住職は抵抗しない小坊主を激しく打ちのめし、杉の木にくくりつけ、ついには殺してしまった。そして、祠の近くの老杉の根元に小坊主を埋めると、簡単なお経を唱えて、なにくわぬ顔で本堂に戻った。

小坊主がいなくなった今、しかたなく自分で御灯火を奉じようと、とぼとぼと住職は暗い道を祠に向かって歩いていった。

すると、ちらちらと青白い炎が杉の木立に漂っており、そのすぐ下に恨みがましい顔をした小坊主が立っているのを見て、住職は腰が抜けるように倒れこんだ。そこは小坊主を埋めた、まさにその場所だったからである。

青い炎はゆらゆらと揺れながら動き、倒れている住職の真上を飛んだ。

這うようにして本堂に駆け込んだ住職は、そのまま布団を頭までかぶり、空が明るくなるのを待った。

とてもじゃないが、ここにはもういられん――。

夜明けを待たず、住職は寺から逃げ出してしまったという。

その後も、怪しい火の玉は夜毎に現れ「満願寺の小僧火」と言われて、ひとびとから恐れられたそうである。

嘘か誠かわからないが、このような話が伝承として残っていることも、満願寺が心霊スポットとされている一因なのかもしれない。

また、境内の草木や石を持ち帰ると三代の祟りがあるという言い伝えもあり、そのことが寺の敷地の立て札に記載されていることも興味深い。

もっとも、この寺は水子供養の寺としても知られているので、遊び半分の気持ちで訪れることは避けたほうが賢明だろう。

十　バルコニーの女（松本市）

「親の面倒も看なくちゃいけないので、二世帯住宅を考えていたんです」

七年ほど前のある日、松本市内に住むBさんは妻と子どもを連れて、近所に新しく完成した住宅展示場に行ったそうだ。

「どれも一流住宅メーカーが手がけた立派な家ばかりで、購入するのは現実的ではなかったんですけどね。それでも一応、参考にしようかなと思って。まあ半分冷やかしみたいなものでしたが」

各メーカーの営業マンたちの説明を聞きながら、順番に見てまわった。

子どもは走りまわってはしゃいでいる。それを妻は叱るが、心ここにあらずという感じで、どの家に入っても、すぐにキッチンを見に行きたがっていた。

自宅に帰って夕飯を食べた後、パンフレットを広げながら、妻と見学した家の話になった。「見てきたなかで、どの家がよかったかと訊いたら、珍しく僕と意見が一致しました。外観もいいけど間取りの感じもよかったよね、などと話していたのですが――」

バルコニーで、女のひとが外を向きながらうつむいていたのが妙に気になった。と妻が言った。

Bさんもバルコニーは見たはずだが、妻が言うような女性は眼にしていない。第一、自分たち以外に客はいなかったはずである。

「そんなひといなかったよ、と言っても、『そんなことない、絶対にいたわよ』と妻は言い張るんです。そこまで言うならいたんだろう、と僕が折れました。その女のひとは住宅メーカーの社員だったんじゃないか？　というと――」

「ジーパンを穿いてたわよ」と、妻は答えたという。

女性の格好に関してはよくわからないが、それ以上追及することでもないだろうと、その話はそこで終わりにした。

その翌日の朝。

出勤のため駅に向かうBさんは、住宅展示場の前を通りかかった。

立ちどまり、妻と意見が合った家を遠巻きに眺めてみる。

外観は申し分ない。洒落たファサードの感じも気に入った。昨日感じたように、やはり理想的な家に思えた。

（予算があれば、この会社に施工を頼みたいところなのに）などと考えていると、正面から見える二階のバルコニーに女性がひとり立っていた。うなだれているような姿勢をとっている。

時計を見ると朝の七時を指していた。この家がオープンするのは十時からのはずだ。

あの女性が、昨日妻が言っていた人物なのだろうか。

時間が時間だけに客とは思えない。となると、あの女性はメーカーの社員なのだろう。

——そう思ったが、妻が言っていた通り女はジーパンを穿いている。労働時間中に社員がそんな恰好をしているわけはない。

ひょっとして、昨日からずっとあの場所に立っているのだろうか？——ふと、そんな馬鹿げたことが頭をよぎった。

その後、会社で仕事をしていても、なぜかバルコニーの女のことが気になって仕方がなかった。

仕事が終わり帰宅すると、真っ先に朝の出来事を妻に話してみた。

すると、やっぱりね、と妻は言った。

「『あれは絶対に幽霊よ』、というんです。霊感体質とまではいいませんが、妻は時折そういうものを見てしまうそうで。私はいたって鈍感なほうですから、そういうものは見たことがありませんでしたが、もし妻が言うことが本当なら初めて見たことになりますね」

妻の言葉をまともに信じたわけではないが、そう考えてみると、にわかにあの家のことが気味悪くなった。


その数日後。

帰宅するなり、妻がこのようなことをいった。

「今日幼稚園のお迎えに行くとき、自転車で住宅展示場の前を通ったんだけど――」

その時、あの家を見たのだという。

「見ちゃダメと思うと、余計に気になっちゃったの。バルコニーにまたあの女のひとがいたらどうしようって――」

が、女の姿はなかった。ホッと胸をなでおろした瞬間、バルコニーの欄干から一本の白い紐がぶら下がっている。

その先に女はいた。――が、立っているのではない。ゆらゆらと揺れているのだ。

「思いっきりペダルを漕いだわよ。もうあの道は通りたくないわ」

叫ぶように妻はそう言った。

それにしても、造られてから誰も住んでいないモデルハウスに、なぜそんなものが現れてしまうのか？

ひょっとして家そのものではなく、家が建てられている土地になにかがあるのではないだろうか。

住宅展示場になる前、あの場所がどのようだったのか、Bさんは必死になって思い出そうとした。

「なにかが取り壊されて更地になっていたところに新しい建物ができると、そこが以前どんな土地だったか、思い出せないことってありませんか？　やはりモデルハウスがある土地がそうでした。僕だけかと思っていましたが、妻も『わからない、全然思い出せない』と言うんです」

なにかとてもよくないことがあった気がするのですが、と最後にBさんは語った。

十一　怨みの首塚（佐久市）

上信越道を佐久インターチェンジで降りて、県道四十四号を東の方角に進むと、群馬との県境に近い旧志賀村（現・佐久市）に到着する。その県道沿いにある雲興寺の裏山に、笠原清繁が城主だった志賀城が戦国時代にあったが、武田軍によって落城され、現在は遺構だけが残っている。

天文一六（一五四七）年、武田信玄の信濃攻略は勢いを増し、諏訪、伊那を制圧した後、東信濃の佐久郡に兵を送り、志賀城を攻めた。

そのとき、上野国の高田憲頼が援軍として入城していた。また関東管領である上杉憲政の援軍も頼みにしていたが、上杉軍が碓氷峠を越えて城に向かう途中、信玄が送った兵により小田井原で援軍は壊滅してしまった。

信玄は笠原たちの士気低下を狙い、自陣に持ち帰った三千の首級（打ち首）を城から見える場所に並べたてたという。

もはや援軍が来ないことを悟った笠原たちであったが、降伏せず武田軍の攻撃を受け続けた。その二日後、志賀城は落城し、笠原軍、高田軍の城兵三百人余りが討ち死にした。生け捕りとなった者たちは甲府に連行され、奴隷労働者として黒川金山などへ身売りされた。また美しいと評判だった清繁の若い妻は、戦で活躍した小山田信有に褒美として与えられたそうだ。

その後、城下には笠原清繁の首塚が造られたが、現在は水田の真ん中に取り残されたように所在し、その奇観は見る者を驚かせる。

過去に何度か首塚を移転させるという話も持ち上がったが、言い出した者たちに病気やけがなど、よからぬ出来事が頻発し、結局、現在でもそのままになっているとのこと。

城を落とされ、愛する妻をも失った清繁の怨みや深し、ということだろうか。

十二　中央自動車道の怪（諏訪市）

五年ほど前のことだという。

会社員のTさんが出張先の東京から自宅が所在する安曇野市へ戻るために、中央自動車道を車で走っていると、諏訪インターチェンジを過ぎた辺りで、背筋にぞくりと寒気が走った。

その時は七月の初旬で、気温は三十度近くまで上がっていた。

エアコンは苦手なので車の窓を開けていたとはいえ、寒気など感じるはずがない。

なぜだろうと思ったそのとき――。

路肩に小さな男児が膝を抱えて座っているのが見えた。

車道の外とはいえ、高速道路に子どもがひとりでいるなど危険極まりない。いったい親はなにをしているのかと思ったが、近くの待避所には車は一台も止まっていなかった。

だとすると、あの子はひとりで歩いて道路に入ってきたのか――。

そんなことを考えながら、ルームミラーを見た瞬間、Tさんは驚きのあまり危うくハンドルを大きく切りそうになった。

後部座席に男の子が座っている。

姿格好から見て、路肩にいた子どもに違いない。その男児が無表情のまま、ぼうっと前を見つめて座席に腰を下ろしていた。

「お、おいッ、き、君ッ！」

そう口にするのが精一杯だった。

高速道路内で運転中とあって、停車するわけにはいかない。

必死の思いでハンドルを握っていたが、二分ほど経った頃（Tさんは十分ほどにも感じたらしいが）、再びルームミラーを見ると、男の子の姿は消えていた。

「うわ、これはヤバいもん見ちまったな」って。でも、生きている人間みたいに色艶のいい顔だったんですよ。幽霊といえば青白い顔をしているのが相場だと思っていましたから、それが意外でしたけど――」

その後は何事もなく自宅に帰り着いたそうだが、そのことがあってからは、東京出張の際は車を使わず、新宿駅〜松本駅間を走る『特急あずさ』を使うようにしているとのこと。

Tさんが男の子の幽霊の姿を見た辺りでは、古くから事故が多発しており、近くの中央道下り線の茅野バス停付近では、小さな子どもを連れた白い着物姿の女性幽霊の目撃談が噂されているという。その幽霊が事故を引き起こしているといわれている。

女性の幽霊が連れているという小さな子どもと、Tさんが見た男の子が同一かはわからないが、読者のみなさまが中央道を通過するときに子どもの姿を見かけたら、くれぐれも注意していただきたいと思う。

十三　棄老伝説（千曲市及び南佐久郡）

労働力にならない老人を山に捨てる「棄老伝説」の里として有名なのは、更科（現在の千曲市）に位置する冠着山だ。別称を「姨捨山」といい、地名としてはこちらのほうが広く知られているかもしれない。

更科は古くから月見の名所として知られ、松尾芭蕉は月を見るために、わざわざこの地を訪れて『更科紀行』という俳諧紀行文を残した。

棄老伝説は全国各地に存在するが、姨捨山に伝わる話が最古のものだという。ちなみに映画『楢山節考』は、棄老伝説が元になった作品だが、姨捨山からほど近い北安曇郡小谷村の廃村でオールロケが行われている。

もっとも、この地方に老人を捨てる風習があったという記録は一切残っていないそうだ。

周辺には善光寺など寺院が多いため、仏教の経典にもある棄老を戒める逸話が、この地の伝承の起源になっているのではないかと現在では考えられているようだ。

姨捨山にある長楽寺の境内には、高さ十五メートル、幅二十五メートルほどの巨岩があるが、捨てられた老人がこの岩から身を投げたとか、悲しみのあまり岩になったという言い伝えが残っている。この巨岩の名前は、「姨石」というそうだ。

また史実として、こんな話があるという。

明治の中頃のこと。

南佐久郡川上村にある大深山古宮神社の後方、宮坂近くの道路の改修工事中に、立った姿勢で埋められた人骨が複数見つかったそうだ。

いつの時代のことか、はっきりとわかっていないが、この辺りでは六十歳になると、口減らしのために、人を生きたまま首だけ出して土のなかに埋める風習があったという。

人に息がある間は、家族がわずかな食料を与えたそうだ。

十四　人命救助で見たもの（松本市）

二十年ほど前の初夏のある日、私（丸山）は友人たちと梓川の河川敷でバーベキューを行っていた。

梓川は槍ヶ岳に源がある犀川の支流となる一級河川である。

その日は朝から好天で川の流れも穏やかだった。当初はキャンプ場で行う予定だったが、人数も多いので開放的な場所のほうがいいだろうと、急遽バーベキューを河川敷でやることが決まったのだ。

食事しながら歓談していると、友人のひとりが川のほうを指さしながら言った。

「おい、見てみろよ。あれちょっとひどくねえか?」

見ると、対岸から一組の親子が川の流れのなかから、こちらに向かってこようとしている。

小学生ほどの男の子は怖がって腰が引けているが、父親と思われる男は怒鳴りつけながら、その腕を引っ張って、ぐんぐんと川のなかに進もうとしている。

「なんだ、あれ。スパルタ教育かよ？　いくらなんでも時代錯誤ってもんだろ」

友人たちは口々にそう言いながら缶ビールを呑んだりしていたが、私は親子のことが気になって仕方がなかった。

川幅は十五メートルほどで、川底もそれほど深くはないはずである。しかし、来たときには穏やかだった川の流れは、水量を増して勢いも強くなっていた。

この流れのなかを向こう岸から歩いてくるのは無謀なことのように思えた。それも単独ではなく、小さな子どもを連れているので、川を渡るなど無理に決まっている。

すると、そのときだった。

「おおい、助けてくれッ！」

一斉にそちらを見ると、川の真ん中で父子は動けなくなっていた。必死の形相でこちらに向かって手を振っている。父親の足元の水勢がひと際速くなっており、少しでも足を滑らせれば、ふたりとも流されてしまうだろう。一刻の猶予もない。

すぐに駆けつけると、話し合うのもまどろっこしく、私たちは眼で合図を送り合った。

数珠のように手を繋いで、一列になる。十数人がそろっていたので、列は結構な長さになった。河川敷側の端にいる者が大きな岩に手を掛け、私たちは川のなかに、ざぶりざぶりと入っていった。

先頭の者が精いっぱいに腕を伸ばし、父親の手を握る。そして、一、二の三で一気に河川敷側に手繰り寄せた。

子どもが必死な顔で父親の手を掴んでいる。急流を無事に渡り切ると、ふたりはよろめきながら岩場に座り込んだ。父親は顔面蒼白、子どもはぶるぶると震えている。

「あんた、危ねえだろうが！　子どもがこんな川を渡れるわけねえだろ⁉　誰もいなかったら、どうするつもりだったんだよ⁉　おい、聞いてんのかッ！」

友人のひとりが大きな声を出すと、まあまあ、と他の者が宥める。父親は力なく項垂《うなだ》れたまま、すみません、と小さく呟いた。

すると、私の横にいた友人が頻りに首を捻っている。なんだよ、と訊くと、耳元に顔を寄せて、こう囁いた。

「おかしいな、もうひとりいた気がするんだけど。全身ずぶ濡れになった女の子が、その子と手を繋いでいたような——」

父子のことは私も見ていたが、女の子などいなかった。父と男の子のふたりだけだったはずだ。

見間違いだろう、と言うと、そうだったのかな、と友人は訝しげに首を捻った。

それから三ヶ月ほど経ったある日のこと。

女の子を見たという友人が近所の河川敷で犬の散歩をしていると、堤防の路肩にレスキュー車が停まっている。なんだろうと河川に眼をやると、川の流れの真ん中に先日の父子と思われる人物が立ち竦んでいた。岸にはレスキュー車が集まり、隊員たちが真剣な顔で協議している。

(またあの親子かよ。ったく凝りねえな……)

そのとき、友人は見たのだという。

先日は見間違いかと思っていたが、この時も三人いたというのだ。しかし男の子の手に繋がれていたのは女の子ではなく、年齢も性別もよくわからない、いや、ひとなのかどうかも判別のつかない、ぶよぶよとした白い肉塊のようなものだった。

「肉焼くときに使う牛脂あるだろう、まさにあんな感じだったんだよ」

ちなみにその場所は、私たちが父子を助けた梓川ではなく、下流で梓川と合流して犀川となる奈良井川の河川敷だったという。

十五　佐々良峠の絶叫（大町市）

いつの頃か、北アルプスの麓の松川村に若い夫婦が住んでいたという。

ふたりは仲むつまじく幸せな毎日を送っていたが、ある日に夫が風邪に罹ると、ひどくこじらせてしまい、ついには亡くなってしまった。

妻の嘆き悲しみは深く、周囲の者は声も掛けられないほどだった。

その後も妻は悲嘆に暮れる日々を送っていたが、ある日、彼女は立山の地獄谷の言い伝えを卒然と思い出した。

太古の昔から、地獄谷には死者の魂が集まり、近親者が訪れると、生きていた頃の姿のままで現れるという伝説を。

幽霊でもいいから、あのひとに逢いたい。

再び夫に逢えるのなら、峠の難所など苦でもなんでもない。もう一度だけでも、あのひとの姿をこの眼で見たい――。

その一念だけで、妻は山に向かってひとり歩き出した。

どこまで進んでも道は険しかった。

しかし、彼女を突き動かしている夫への深い想いは、その障害に負けることはなかった。

気がつづくと、妻は佐々良峠にたどり着いていた。

季節は秋も過ぎ、辺りはすっかり深い雪に覆われていた。あたりは一面の雪原。

――と、そのとき、猛烈な吹雪が彼女を襲った。なすすべもなく、その小さな体は暴風雪にひと呑みにされてしまった。

亡骸はその後も見つかることはなかったが、多々良峠では烈《はげ》しい吹雪の夜になると、夫を慕って泣き叫ぶ妻の声が聞こえるという。

十六　帰ってこない娘（松本市）

松本市内に住む会社員Tさんの体験談である。

七年前の晩秋の、ある日の夕方のこと。

小学一年生になるTさんの娘が学校に忘れ物をしたというので、「すぐに取りにいきなさい」とTさんの妻は叱った。

学校は自宅から徒歩で五分ほどの位置だったので、十五分もあれば戻ってくるだろうと、妻は思っていたという。

ところが一時間経っても帰ってこない。妻は不安になって学校に電話を掛けた。

娘が帰ってこないことを知らせると、教員総出で校内中を探すことになった。捜索開始から二十分ほど経った頃、ある教員が校庭の真ん中で立ちすくむ女子生徒を見つけた。T

さんの娘に間違いなかった。

捜索から三十分が経過した時点で警察に通報することになっていたが、寸前に見つかったので、それ以上は大ごとにはならなかった。

娘を抱き寄せながら、

「どうしてすぐに帰ってこないの？　ママ、すごく心配したじゃない！」

妻が大きな声でいうと、娘は意外な言葉を口にした。

「学校へいったら、扉が閉まっていて開かなかったの。だからウサギ小屋にいって、ずうっとウサギを見ていたんだよ」

しかし、娘が見つかったのは校庭の真ん中だった。校内にはウサギ小屋があるが、校庭からはだいぶ離れた理科室棟の前で、しかも数ヶ月前に伝染病で一匹残らずウサギは死んでいた。それに陽が落ちてもいないのに、扉が閉まっているというのも、ありえない話だ。

教員たちもそれを聞いて首を捻っている。

どうして校庭になんかいたの？　と訊いても、「わかんない」と、娘は答えるだけだった。

ちなみに学校が建つ以前、校庭がある場所には古い大きな霊園があったそうである。

十七　秋山郷の消滅した村（下水内郡）

新潟県津南町と長野県栄村にまたがる山深い場所に所在する「秋山郷」は、平家の落人伝説が残る場所で、冬になると豪雪に見舞われ、四方の交通が閉ざされてしまうことがあるという。

また過去には、度重なる飢饉により消滅してしまった集落もあったそうだ。

江戸時代末期、あるひとりの僧侶が前倉から屋敷集落へ向かうため、険しい山道をひとりで歩いていた。

天明三（一七八三）年の浅間山噴火で大飢饉が発生した際、村人がひとり残らず飢死したといわれる大秋山村に差しかかった。

陽が落ちて、辺りはすっかり薄暗くなっている。

かつて村があった場所には一軒の家も残らず、ただ鬱蒼とした林といった様子で、さすがの僧侶も心細くなった。

思わず足を速めると、そのすぐ背後から、ひたひたひたひた、と何者かが付いてくる音が聞こえてくる。すぐに振り向くが誰もいない。

気のせいかと再び歩きだしたが、ひたひたひたひた、とまた聞こえるので、これは飢饉で死んだ者たちが救いを求めているのに違いない、と僧侶は思って、屋敷集落の庄屋の家へと急いだ。

庄屋の家で筆と紙を借りるとすぐに経文をしたため、再び大秋山村に戻ると闇に向かって経文を差し出した。すると、どこからともなく骨のような白い腕が伸びてきて、経文を受け取ると、また暗がりのなかへと消えてしまった。

僧侶はねんごろに経を唱えて、亡霊の成仏を祈ったという。

十八　兄の帰還（長野市）

Mさんという八十代の男性が体験した話である。

昭和十九（一九四四）年の盛夏のことだという。そのとき、Mさんは八歳だった。

ある日、Mさんは母親から隣村の乾物屋までお使いを頼まれた。距離にして十五キロメートルほどの道程を徒歩で行かなければならない。

その日は朝から暑かった。

最初のうちは足取りは軽かったが、道程の半分も来た頃には着ている服が汗でぐっしょりと濡れてきた。粗食ながらも腹いっぱい朝飯を食べてきたつもりだが、どうにも腹が空いてたまらない。弁当など持たされていなかったので、我慢するほかなかった。

陽が暮れるまでに用事を済ませて帰ってこなければならないので、ぐずぐずしている暇はない。腰に垂らした手ぬぐいで額の汗を拭うと、再び歩き出した。

両脇には畑と田圃しかない田舎道。舗装などされていない砂利道とあって、小石を踏む感触が、安物の草履を通してもろに足裏へと伝わってくる。時おり躓《つまず》いて、転びそうになりながらも、Mさんはひたすら歩き続けた。

この道をまっすぐ行けば目的の店には着く。今まで何度か行ったことがあるので、迷う心配はない。

すると、Mさんの百メートルほど前に、男がひとりで歩いているのに気がついた。はっきりとは見えないが、後ろ姿なのでMさんと同じ方向へ進んでいるようだった。

しかし、その男はいつからいたのだろう。脇目もふらず前を向いて歩いていたはずなのに、どうして今まで気づかなかったのか。不思議に感じながらも男の後ろを歩くと、どこか見たことがある背中のような気がしてきた。と、その刹那、それが誰の背中なのか、Mさんの脳裏にはっきりと浮かんだ。が、すぐに心のなかで考えを打ち消した。

(兄さんによく似ているけど、いやいや、そんなはずはない。だって、兄さんは戦地に行ってしまったんだから――)

Mさんには十歳年の離れた兄がいたが、一年ほど前に出征していた。戦地から帰ってきたなど両親からも聞いていないし、本当に戻ってきたにしても早すぎるのでは、と幼心にMさんは思った。

背中を見つめながら少し急ぎ足で歩くが、ふたりの距離は一向に縮まらない。仔細に眺めていると、どうやら前を行く人物は軍服を着ているようだった。

やはり兄なのだろうか？——と、そのときだった。

男は突然立ち止まり、後ろを向いた。小首を傾げた格好で、Mさんのことをじっと見つめている。やがてふたりの距離が五十メートルほどになったとき、Mさんは知らず知らずのうちに大きな声を上げていた。

「兄さん、兄さんッ！」

丸眼鏡に軍帽を被り、腹と背がくっつきそうなほどの、ひょろっとした体。兄に間違いなかった。

Mさんは全速力で駆けた。いつのまに帰ってきたのか。とにかく無事でよかった。

まだ八歳のMさんにも、戦地へ赴くとはどういうことなのか、はっきりとわかっていた。

兄は首を傾げたままの格好で、弟が駆けてくるのを見つめている。顔は青白い。

南のほうに行ったと聞かされていたから、てっきり黒く日焼けしているものと思っていたので、Mさんは驚いた。

「兄さん、いつのまに戻ったの？　父さんも母さんもなにも言ってなかったけど」

Mさんが肩で息をしながらそういうと、兄は表情を浮かべず弟の頭を優しく撫でた。

やや間があった後、兄はMさんに向かって、なにかを呟いた。が、なにを言ったのか、聞き取ることができない。思わずMさんは聞き返す。すると――。

「もくずとなれり」

女性のような、まるで消え入りそうなか細い声で、兄はぼそりと、そう呟いた。その途端、兄の姿は急にぼんやりとなった。次第に輪郭が薄くなり、やがて周囲の景色に溶け込むようにして、消えた。

幻だったのか。あまりにも疲れ果てていたので、歩きながら夢でも見たのだろうか？

それにしては現実感がありすぎる。兄に撫でられた感触が、まだ生々しく残っていた。

不思議に思いながらもMさんは用事を済ませて、日が暮れる前に無事帰宅した。


それから、およそひと月後。九月の初めのことだった。

兄の戦死を報せる通知がMさんの家に届いた。駅から自宅までMさんが白木の遺骨箱を持つことになったが、箱は異様に軽かった。

死んでしまうと、人間はこんなに小さくなってしまうのか。

国防婦人会のひとたちや近くの小学校の児童たちが、ずらりと道の両側に並び、兄の遺骨を迎えてくれた。名誉の戦死である。

家には親戚一同が集まっていたが、悲愴な雰囲気ではなかった。あちらこちらで時候の挨拶や戦況の話が行われていて賑やかだった。すると誰かの提案で、遺骨の入った箱を開けてみることになった。恐る恐るMさんが開けてみると――。

空だった。と、そう思ったが、よく見ると、箱の奥底に一葉の写真が収まっている。

兄の写真だった。小首を傾げた無表情な顔。

ひと月前、砂利道で逢った兄の姿そのままだった。じっとレンズを見つめる眼差しも、あの日、Mさんに向けられたものと同じである。

写真を裏返すと、角ばった乱暴な文字で兄の名前が綴られている。

その横に「海軍二等飛行兵曹　十九年七月二十五日、南洋諸島ニテ戦死ス」とあった。

母は突っ伏して泣いた。父は尻餅をついたかのように畳に座り、

「なにが二等飛行兵だ。ろくに練習もさせてもらえんで」

それだけいうと、肩を震わせながら黙り込んでしまったという。

十九　マモノ沢（茅野市）

八ヶ岳の山中にマモノ沢という場所があるという。

ここは昼でも暗く鬱蒼としたところで、でこぼことした溶岩のかたまりが地面を覆っているのだそうだ。

溶岩の上は厚い苔で覆われており、太古の昔から人が殆ど踏み込んでいないような原生林である。

さらに、狩人たちの言い伝えによると、大昔から鹿を追った犬がマモノ沢に入ったら帰ることができないという。禁猟区となってからも、大型の洋犬などは山の下のほうからマモノ沢に追い込むことはあるが、大半は戻ってこられないそうである。また運よく帰ってきた場合も、不思議なことにやせて衰弱し、まもなく死んでしまうという。

今から六十年ほど前、ある男性が山菜を採りに八ヶ岳に出掛けたきり、陽が落ちても帰ってこなかったので、翌朝になって捜索隊が組まれた。

この辺りから山を登っていったと推測される場所から名前を呼びながら探すが、男性はなかなか見つからない。幸い初夏とあって、凍死してしまうことはなさそうだったが、熊にやられてしまった可能性はある。捜索に駆り出されたのは山を熟知した者ばかりとはいえ、皆緊張した面持ちで山肌を登っていった。

三時間ほど経った頃、捜索隊のひとりが、

「おおい！　ここにおったぞ！」

そう叫んだので、皆が一斉に声が聞こえた辺りに集まると、五十メートルほど先の林のなか、行方不明の男が素っ裸で四つんばいになって、こちらの様子をうかがっている。思わぬ様子に、捜索隊はしばしの間見守っていたが、ひとりが近づこうとしたところ、まるで四足歩行の動物のような動きで逃げようとした。それでも所詮は人間。動物のように機敏には動けず、すぐに捜索隊が取り囲んで保護された。が、どこで裸になったものか、付近に衣服は見当たらなかったという。

その後、男は呆けたようになにも語らず、飯も食わないので、やがて衰弱して死んでしまったそうである。

その場所が件のマモノ沢であったかは不明だが、山のなかには絶対に近づいてはいけない場所があるのかもしれない。

二十　松代大本営と皆神山（長野市）

信州の負の歴史を語るとき、避けて通れないのは、長野市松代の皆神山と象山及び舞鶴山に造られた「松代大本営」であることに異論はないだろう。

太平洋戦争末期、陸軍参謀本部は来るべき本土決戦に備え、政府や皇室などの中枢機能を埴科郡西条村（現在の長野市松代地区）に存在するの三つの山中に地下坑道を掘って移転しようと計画していた。関連施設も善光寺平一帯に造られるなど、ある意味一大遷都計画と言えるもので、もし歴史が異なっていたら、現在の信州の様子はまったく違ったものになっていただろう。

なぜ松代が首都の移転先に選ばれたのか。

計画案によると、遷都に適した理由がいくつかあったようだ。

理由を並べると、松代が本州の最も幅が広い位置に所在し、飛行場もあったこと。地盤が固い岩盤であるため、米軍の十トン爆弾にも耐えられると思われたこと、山に囲まれていること、ひとが多く労働力が豊富であること、信州人は純朴であるため機密を守ることができると思われたこと、信州という地名が「神州」（『神の国』という意味。旧日本軍が日本を指し示す言葉として頻繁に利用した）に通じ品格があること——だそうである。

海軍や宮内省にさえ報告されず、極秘のうちに進められた計画だったが、大量の物資が輸送されてくる様子を目撃するひともいて、「白いお馬に乗ったひとがやってくる」という流言は瞬く間に広がったらしい。

工事は多くのひとびとによって行われたが、総数はわかっていない。

ダイナマイトを爆発させる発破の仕事がもっとも危険だったが、ある時は、作業に当たった四人が爆発に巻き込まれて粉々に吹き飛んで、首だけが天井に突き刺さっていたこともあったらしい。落盤事故でトロッコもろともぺしゃんこになった者、寄宿舎近くの変電所の柱で首を吊った者もいたそうである。それらの死体は変電所の近くで焼かれたが、夜になると青い燐が毎日のように燃えていたという。

戦争の大局が大方決まっていたさなか始まった突貫工事とあって、そのような悲惨な事故が頻発したとしても、決しておかしな話ではない。

三つの山に掘られた地下壕の長さは全部で約十三キロメートルに及ぶが、そのなかで一番長いものは政府関係の施設が入居する予定だった象山地下壕で、その長さは約五・九キロメートルにもなるという。現在、そのうちの五百メートルほどの範囲が内部公開されているが、ここで写真を撮ると、全身がひどく汚れたような、そこにいないはずの人間が写ることがあるそうだ。

古くから皆神山は霊山として信仰の対象になっていたが、ここに掘られた地下壕には、当初の予定では、皇居と大本営が置かれることになっていたという。

山の中腹には天照皇大神を祀る岩戸神社があり、また名前の品位などから国の中枢機関をここに築くことを予定していたのかもしれない。しかし、掘削の過程で地盤が脆いことがわかり、急遽、備蓄庫に変更されたそうだ。

皆神山は周囲の山々から孤立しており、伏せた鉢の真ん中を窪ませたような変わった山容である。そのような特異さゆえか、皆神山は古代に建造された人工ピラミッドで、ＵＦ

Oの航空基地であるという説が数十年前からささやかれるようになった。

昭和四十（一九六五）年から五年半の期間に亘り、長野県内で世界的にも稀な頻度の群発地震が発生したが、その間の地震の総数は七十一万回以上で、有感地震は六万回以上だったという。

震源地はこの皆神山が中心だった。

群発地震発生時は家屋倒壊やけが人は出たものの、幸いにも死者は発生しなかったそうだが、地震が起きる際、この山を中心に発光現象が起きて、まだ夜明け前なのに腕時計の秒針が読めるほど空が明るくなることがあったそうだ。山頂にある皆神神社の宮司の男性は、オレンジ色に光る謎の飛行物体を何度も目撃しているという。

そういった神秘的な出来事やUFO目撃談も、人工ピラミッドの噂に拍車をかけているものと思われる。


また心霊科学研究会の創始者として有名な浅野和三郎は、元々明治時代の著名な英語教官だったが、息子の病気をきっかけに当時の新興宗教・大本教に入信し、心霊的なものに興味を抱くようになったといわれている。大本教の教祖で稀代の傑物といわれる出口王仁三郎は、皆神山を自身の書『月鏡』のなかで次のように記している。

「信濃の国松代町の郊外にある皆神山は尊い神山であって、地質学上世界の山脈十字形をなせる地であり、世界の中心地点である。四囲は山が十重二十重にとりかこんで、綾部、亀岡の地勢と些しも違はぬ蓮華台である。(原文ママ)」

浅野和三郎が入信するまでの大本教は、あくまでも民衆の間で布教した宗教で、ともすれば邪教扱いされていたが、浅野が信者になったことにより、海軍や陸軍のエリートや知識層にまで深く浸透していったそうだ。

軍部が大本営を松代に遷す計画を立てたことは、案外この辺の思想の影響があるのかもしれないと私は思っているのだが、考えすぎだろうか?

二十一　灰焼きのおやき（東筑摩郡）

安曇野市に住むFさんは、「おやき」が大好物だという。

おやきとは、安曇野市以北の米が作れなかった山間部でかつて盛んに作られた、小麦粉とそば粉をブレンドしたものを皮にする信州の郷土料理である。

Fさんは時折、自分で作ってみることもあるそうだが、自宅でフライパンか鍋で焼いて作っても、今ひとつ納得するものができない。なぜなら、囲炉裏のなかに突っ込んで焼く「灰焼き」のものが好みだそうだ。


七年前のこと。

金沢に二年ほど単身赴任していたFさんは、久しぶりに灰焼きのおやきを買いにいこうと思ったという。頻繁に行けるわけではないが、東筑摩郡I村にある、とある店で買うことに決めていたそうだ。

外観は店というより普通の民家で、看板もなにも出ていない。電話で注文を受け、発注分だけおやきを作って売るのだそうだ。腰の曲がったおばあさんがひとりで切り盛りしているのだが、硬い皮の風味もさることながら、なかの具がどれをとっても抜群に美味しいので、この店以外でおやきを買うことはなかったという。

電話をかけるといつものおばあさんが出た。野沢菜や切り干し大根入りなど五つを注文し、「明日の昼過ぎに取りに伺います」と伝えて、電話を切った。

翌日、伝えられた時間に店へ向かうと、腰を曲げたおばあさんがにこにこしながら土間まで出てきて、新聞紙に包んだおやきを渡してくれた。焼きたてのようで、包みの上からでも温かかった。

我慢しきれず自宅へ帰る途中に車のなかで一つ、帰ってから二つ、翌日に三つ食べ、結局二日で全部食べてしまった。と、すべて食べ尽くしたところで、五つ注文したはずなのに六つ入っていたことに気づいた。今までそんなことはなかったのだが、サービスしてくれたのかな？　とFさんは考えた。

それから二週間ほど経った頃、再びおばあさんのおやきが食べたくなってきた。たまたま仕事でI村の近くに来ていたので、直接訪ねて注文し、翌日に取りにこようとおばあさんの家に向かった。

チャイムを鳴らすが誰も出てこない。大きな声で、ごめんください、といってみたが、やはり留守のようで、仕方なく車に乗り込もうとしたとき、軽トラックが店の敷地に入ってきた。見ると、六十ほどに見える年配の男性が畑仕事から帰ってきたようだった。おばあさんの息子だろうか、とFさんは思った。

「なんかの営業かや。そういうんなら、うちはええわ」

トラックから降りるなり、男がそう言うので、慌てて手を横に振りながら、

「いやいや、おやきを頼みにきたんですよ。おばあさん、今日はいませんか？」

Fさんがそう尋ねると、

「いないもなにも、ばあさん死んじまってるもの。だもんで、おやきはもうやってねえじ」

どういうことだろう。となると、先日来た後、急に亡くなったというのだろうか？

それはいつのことですか？　と訊くと「一昨年だで、もう二年は経つわ」と男は言った。

そんなはずはない。半月前にたしかにここで、おばあさんからおやきを買ったばかりなのだ。

とても承服できないが、男がそう言う以上、このままこうしていても埒が明かない。そうでしたか、とFさんは頭を下げて家を後にした。

帰途、道の駅でおやきを買ってみたが、皮がやわらかい饅頭のようで好みではなく、半分も食べられなかったという。


「後日、おばあさんが二年前に亡くなったのが事実であることを、最初にそこを紹介してくれた友人が教えてくれてね。それじゃ、あれはやっぱりおばあさんの幽霊だったのかな、と。でも怖いとか、そんなふうにはまったく感じませんでしたよ。あのとき、ひとつ多く入っていたのは、おばあさんの優しさだったのかな。幽霊でもいいから、もう一度作ってほしいと切実に思いますわ。亡くなった実のおふくろの料理にだって、そんなこと思ったことはないんだけどねぇ――」

そういってFさんは笑った。

二十二　招かれざる客（北安曇郡）

明治三十（一八九七）年の秋のことだという。

北アルプス北部に位置する白馬岳山麓の、ひなびた小さな温泉宿にひとりの男性客が訪れた。

男は戸を叩きながら、

「道に迷ってしまいましてね、一晩泊めさせてはもらえませんか」

その言葉を聞いて、宿の主が戸を開けると、鳥打帽（ハンチング帽）を頭に乗せた洋装の中年の男が立っている。いかにも困っている様子だったので、

「さようですか、それでは泊まっていってください。ですが、もう冬籠りの仕度をし始めておりまして、なんのおもてなしもできませんが――」

すると、男は微笑みながら、

「なに、かまうものですか。泊めてさえもらえればいいんです」

そういって、あがりがまち（玄関と廊下の境目の段差）に腰を下ろすと、靴を脱ぎ始めた。

「しかしどうして、今頃こんなところに来られたのです。この時期に山を歩くにしちゃあ、やけに身軽すぎませんか？」

主は訝しげに男に尋ねた。

「いやね、鉄砲を撃ちに来たんですが、肝心の鉄砲は谷底に落としちまうし、道には迷うで、どうにもこうにも参ってしまいましてね。心細い気持ちで歩いていたら、こちらの灯りがぽつんと見えたものだから、地獄に仏とばかりに急いで来たんですよ」

「それは大変な目に遭いましたな。どちらから来られたんですか？」

主がそう訊くと、

「東京ですよ。今朝は糸魚川口から登ってきたのですがね。いやあ、しかし、今日は本当にひどい目に遭った」

「さようでしたか。それは腹が減ってお困りでしょう。あいにく客人向きのものはなにもありませんが、ちょうど山鳥を焼いておりましたから、よかったら一緒にいかがですか」

「おお、それはすごいご馳走ではないですか。かたじけない」

男は安心した様子で、炉端の傍であぐらをかいて座った。

主が食事の準備をしようとしたとき、奥の部屋で寝ていたはずの八歳になる息子が突然、大きな声で泣き出した。その年の春、主は妻を病気で亡くし、息子とふたりだけの侘しいやもめ暮らしをしていたのだった。

「おいおい、どうして泣いているんだ？　お客様がいるんだよ」

奥の部屋を覗くと、子どもが真っ青な顔をして、おこり（熱病で身震いしている状態）にでもなったかのようにぶるぶると震えている。父親の顔を見るなり、がばりと跳ね起きて、強くしがみついてきた。

「こわいよぅ、お父、こわいよぅ」

「なんだお前、夢でも見ていたのか？　怖いものなど、なにもありゃしないさ。おかしな子だな」

すると、子どもはいっそう激しく泣きながら、

「ちがうよ、夢じゃないよ。こわいんだ、あのひとがこわいんだよ」

そういいながら、襖の向こうを必死に指さしている。

なにを馬鹿なことを、と思いながらも、それを聞いて主も男のことがにわかに薄気味悪くなった。細く襖を開けてこっそり覗いてみると、男は囲炉裏の前で煙草を呑んでいたが、特に変わった様子は見受けられない。

「なにも怖いことなどないじゃないか。ただのお客様さ」

「いやや、いやや、こわい、こわいよぅ」

するとそのとき、宿の裏口に繋いでいる二匹の飼い犬が突然吠え立て始めた。犬の声が静寂のなか、物凄い音量で響きわたったので、山暮らしが長い主も思わずぞっとして身をすくめた。息子を抱きしめながら、主は考えた。

——もしかすると、あの男は狐かもしれんぞ。やつめ、肉を焼く匂いに惹かれて化けてきやがったな。

男の正体が狐だとしたら、驚かせれば尻尾を巻いて逃げ出すに違いない。

そう考えた主は鉄砲を持つと、子どもを連れて裏口から静かに家の外へ出た。

弾丸をひとつ鉄砲にこめると、空に向けて一発ぶっ放した。すぐに宿に戻って、再び男の様子を見てみたが、相も変わらずうまそうに煙草をくゆらしている。

狐ではなかったのか——そう思い直したが、犬はすごい剣幕で吠え続けて、子どもは気がおかしくなったかのように泣いている。

「どうしましたか？　こんな時間に鉄砲など撃って」

そう男に訊かれたので、主は困ってしまった。

すると、子どもが耳元で言う。

「ねえ、おねがいだからさ、あのひとに帰ってもらってよ、ねえ、おねがいだから」

ここはひとつ正直にいってお断りしよう——そう考えた主は、

「どうも申し訳ありませんが、お泊めすることができなくなりました」

「なぜ」

そう問うた男の眼が、一瞬ぎろりと光った。

「実を言いますと、うちのせがれが、そちらさまのことをとても怖がっておりまして——」

そこまで言うと、男は顔を引きつらせて不自然に笑った。

「まあ無茶をいわず、一晩だけでいいから泊めさせてはもらえぬだろうか。こんな夜中に外に追い出すほうが薄情というものではないか」

「ええ、そりゃまあそうですが、今も申し上げました通り、子どもが怖がってこの有り様ですから、どうかお帰りいただくわけにはいきませんか」

「弱ったな」

こうまで言われてしまうと、男のほうもこれ以上この家にいるわけにはいかないと思ったのか、つと立ち上がると、土間に下りて靴を履いた。そして戸を開いたかと思うと、まるで逃げ出すがごとく外に向かって飛び出していった。それを背後から二匹の犬が狂ったようにけたたましく吠え立てた。


それからしばらく経った頃、戸を強く叩く音がするので、また先ほどの男が帰ってきたのかと思い、返事をせずにいると、

「おい、駐在所の者だ。いるんだろう、なぜ開けぬ？」

そう言われたので慌てて戸を開くと、見知った巡査がいた。

なにやら興奮した面持ちなので、どうしたのだろうと思ったら、

「今晩、ここに四十がらみの洋服を着た男は来なかったか？」

そう訊かれたので、

「ええ、ええ、参りましたとも。しかし、うちの子どもがやけに怖がるので、帰ってもら

ったんです」

「いつ出ていった」

「つい先ほどですよ」

すると巡査は、そうかすまんな、と言い捨てて、白樺林沿いを山のほうへ駆け登っていった。

それから三十分もしないうちに、外のほうから烈しくひとが争うような声が聞こえたので、なにごとかと戸外に出てみた。

すると巡査が先ほどの男を捕縛して下ってくるのが見える。近づくにつれて巡査の額が血で真っ赤に濡れているのがわかった。

「この野郎、抵抗しやがって。しかし、お前のおかげでこうして捕まえることができた。悪かったな」

「ところで、この男はなにをしでかしたんです？」

そう尋ねながら男の顔を見ると、主の視線を避けるかのように力なくうなだれていた。

「殺人だ。越中（富山県）で女を殺して逃げていたのさ。あちらの警察から手配があって、ここまで追いかけてきたんだが、いや、お前のおかげで助かったよ」

巡査の真っ赤に染まった顔に浮かんだ笑みも不気味だったが、それ以上に、つい先ほどまで残忍な殺人犯と膝を交えていたことを考えると主は背筋が寒くなった。

急に子どものことを思い出して主が宿に戻ると、泣き止んではいたが、まだぶるぶると震えている。父親の顔を見ると安心したように跳びついてきて、

「お父、怖かったね。あれお父も見ただろう」

「あれって、なにさ?」

すると、息子は不思議そうな顔で、

「あのひとの背中に女がいたじゃないか。血みどろの若い女のひとが、すごくおっかない顔で男の背中におんぶしていたよ。お父も見ただろう」

息子の言葉を聞いて、主の全身には冷水を浴びせられたように鳥肌が立った。男がひと殺しであることを息子は知らないはずだ。

「それでね、あの男のひとが出て行ったときに、女のひともぴたりと後ろにくっついていったんだ。顔だけぼくのほうを見て、にたにた笑いながら――」

「もうやめなさいッ!」

泊まりに来た男は、逮捕からまもなくして死刑となったが、刑が執行される前に、

「ひとを殺しておいて、まんまと逃げおおせるなどできないものですね。あの女はいつだって私の背中に縋《すが》りついてきて離れようとしません。どんなに逃げても振り払っても、背中に気配を感じるのですよ。今も、この瞬間も、血潮に染まった冷たい手で、私の首を絞め続けています。ああ、こんな思いをするのなら、一刻も早く死刑にしていただきたい」

それが男の最期の言葉だったという。


以上は、信州をこよなく愛した作家、杉村顕道の『蓮華温泉の怪話』を私がリライトしたものである。怪談ファンのなかには、岡本綺堂の『木曽の旅人』あるいは『炭焼の話』とよく似ていると思われた方がいらっしゃるのではないだろうか。

もっともこの時代は、こういった怪談話は口伝え、いわば口承文芸的に広まったため、どの話が起源であるかと探るのは野暮というものだ。実際、昔はこれとよく似た話を老人から聞かされたひともいるそうだが、それには結末が二通りあるのだそうだ。

ひとつは杉村や岡本が書いた話と同じ結末をもつもの、もうひとつは殺人犯の旅人が亡

霊に悩まされて自首するというものである。こういった違いも面白い。

『木曽の旅人』は御嶽山の山麓、そして杉村顕道の話は白馬岳の宿の話とあって、いずれも信州の山が舞台になっている点が興味深い。

岡本綺堂の名作『木曽の旅人』を未読の方には、この話と一緒に併せ読んでいただくことをお勧めしたい。

二十三　八ヶ岳の温泉（南佐久郡）

八ヶ岳の横岳の山中にHという温泉宿がある。

かつてその温泉宿では、秋が更けて雪が降る頃になり、従業員たちが下山して家に帰る際、留守番の者をひとり残すことになっていた。

その期間は、十一月から翌年の三月までだったが、春になって従業員が宿に戻ると、毎年残された者が無事でいることはなかったという。

首を吊って死んでいた者、部屋のなかで横に倒れて死んでいた者の周りは石油が染みこんだようになっていて、衣服が焼け焦げていたという。また、ある者は炉で半身が焼け、見るも無残な死に様だったとのこと。

冬になると、宿の周辺は厚い雪によって全てが閉ざされてしまうのだから、誰かの手によって殺されたとは思えない。ひたすら続く雪山の静寂、あるいは孤独といったものにどうにも耐えられなくなって、自殺してしまうのかと思われたが、なぜ、わざわざ手の込んだ方法を用いるのか、真相はわからないままだった。

現在、その宿では留守番を立てず、通年営業を行っているそうだ。

二十四　八幡原の怨念（長野市）

八幡原は川中島の合戦において一番の激戦地であったと伝えられている。

近代になって「八幡原史跡公園」として整備されたが、平成二十九（二〇一七）年に川中島古戦場史跡公園と名称が改められた。

甲斐（山梨）の武田信玄と越後（新潟）の上杉謙信の戦いは約十一年間にも及び、とりわけ永禄四（一五六一）年の合戦は凄絶なもので、武田軍二万人、上杉軍一万三千人が激突し、計八千人もの死者が出たといわれている。

そのため田畑を潤すための川という川は、三日三晩、赤く血に染まったという。また、田畑は戦闘によってことごとく踏み荒らされてしまったので、作物が作れず百姓たちは悲嘆にくれた。

すると、合戦が合った年の翌年から八幡原の周辺で「逆さ麦」が多く実るようになり、なぜだろうと百姓たちは首をかしげた。逆さ麦とは、麦の穂首が折れて先端が下を向いてしまう状態のことだ。

その姿は、どこか首を落とされた武士たちを想起させるもので、死んでいった者たちの多くの血——強い怨念が、土中深くまで染み込んで逆さ麦になるのだと噂され、百姓をはじめ、庶民たちはひどく恐れたという。

討ち死にした者たちの亡骸は、武田方の海津城主、高坂弾正が敵味方の区別なく数箇所に集めて手厚く弔られたそうである。

その数は膨大で、死体はうず高く積まれ、大きな塚となった。それらは骨塚、あるいは屍塚と呼ばれ、後に首塚といわれるようになったらしい。首塚は当初は数箇所あったらしいが、現在は二か所のみが残っているという。

また高坂の他者を敬う心根に上杉謙信はいたく感激し、

「我、信玄と戦うもそれは弓矢であり魚塩にあらず」

と言い、塩不足で悩んでいた武田方に塩を送ったそうだ。

諸説あるが、それがやがて美談として知られるようになり、「敵に塩を送る」という言葉が生まれたといわれている。

二十五　呪縛の部屋（松本市）

主婦のF子さんから聞いた話である。

F子さんは大学時代を松本市で過ごしたが、当時は学校にほど近い元町の古いアパートの一階に住んでいたという。道路から丸見えになってしまうため、洗濯物はタオル類しか外に干すことができなかった。

ある日、洗濯物を取り込んでいると、「おおやまけんた」と名前が書かれた男児の下着が紛れ込んでいる。

隣に住む大家にアパートの更新料を持っていった際、近所に「おおやまけんた」という名前の男の子が住んでいないかと尋ねてみた。すると、にわかに大家の表情が曇り、

「まだ住んでもらえるなら、これはいいから取っておいてちょうだい」

そういって、更新料の入った封筒をそのまま返された。

部屋に戻ると、なぜか男児の下着はなくなっていた。

それから五年ほど経った頃、F子さんは職場で知り合った男性と恋に落ちて結婚した。

ほどなく身ごもり出産。元気な男の子だった。

夫が出生届けを提出しに行ったが、市役所から帰ってきた時、ふとあることに気づいて、F子さんは総毛立った。

あの下着に書かれていたものと同じ名前をわが子に名付けていたからである。

思い返してさらに奇妙だったのは、苗字までF子さんの家族と同じ「おおやま」だったことだ。

二十六　城の堀にいたもの（上田市）

明治初（一八七二）年の初夏のこと。

真田幸村の居城として知られる「上田城」の堀の水をすべて抜いて、替え干す事業が行われていたという。

当日は早朝から見物人や手伝いやらがたくさん押しかけ、堀の周りは群衆で溢れかえった。その日は雲ひとつない好天だったので、ひとびとの気持ちも明るく、お祭り騒ぎのような賑わいで替え干し作業がはじまった。

水量が減ってくるとともに、大きな鯰が浮かんできたり、鯉が激しく飛び上がったりするので、堀の上から、やんややんや、と歓声があがった。

正午近くになって、堀の水が膝下ほどになったとき、野次馬たちが異様な様子で騒ぎ始めた。すると、堀の一カ所の水が、直径三メートルばかりの円を描いて激しく渦を巻いている。

――と、その瞬間、凄まじい水音を立てながら渦が盛り上がったかと思うと、全身が真っ赤な色の動物が、泥のなかから上半身を現した。

二本の角を額に持つ、巨大な牛だった。

野次馬たちは驚きのあまり逃げ惑ったが、牛のほうも吃驚したようで、堀から勢いよく駆け上がると、そのまま千曲川に飛び込んだ。すると、物凄い速さで川を泳ぎきり、小牧山を乗り越え、須川湖に姿を隠してしまったそうだ。

どこへいってしまったのか、その後、二度とその赤い牛を見る者はいなかったという。

にわかには信じられない話だが、当日は多くのひとびとが目撃しており、昭和初期までは「自分もあの日たしかに見た」と証言する者が複数いたそうだ。

二十七　軽井沢大橋（北佐久郡）

長野県の心霊スポットを語る際、真っ先に思い浮かぶものといえば、北佐久郡御代田町から軽井沢町をつなぐ「軽井沢大橋」ではないだろうか。

竣工は昭和四十四（一九六九）年で、元々は別荘地開発のために架橋されたのだという。この橋が完成したおかげで資材の運搬状況が劇的に改善されたそうだ。

橋の下には信濃川水系の湯川が流れるが、橋からの高低差は約百メートルとされており、実際、紅葉の季節には峡谷の美しい景観を堪能することが可能で、天気のいい日には蓼科山や浅間山がよく見える。

そんな絶景を望められる橋が心霊スポットと化してしまったのは、やはりその高さゆえか、自殺者が後を絶たないからだろう。

この橋にはふたつのタブーがあるとされている。

ひとつは橋の真ん中で車を停めないということ。もし停めてしまうとエンジンが掛からなくなるそうだ。もうひとつは、橋の袂にあった祠の鳥居をくぐると祟られるというもの。その噂が原因かは不明だが、現在、鳥居は取り外されている。

もっとも、これらの話は主にインターネットやテレビ番組で拡散された、いわば都市伝説のようなものである。単なる噂話であって、実際にタブーを破って凶事に見舞われたひとがいるかは疑わしい。

だが、この橋で死を択ぶ人間が多いのは紛れもない事実である。

自殺志願者たちは確実に死ねるからという一点の理由で、この橋にわざわざやってくるのだろうか?

たしかに一度落ちたら、まず助かることはないだろう。かなりの高確率で河原の土手に激突するだろうし、運よく(とはいえないが)川のなかに落ちたとしても、それだけの落差があれば即死してしまうに違いない。川に落ちたものはそのまま流されて、下流の湯川ダムまで運ばれて、浮いているケースが多いそうだ。

現在、橋の欄干には自殺防止のための有刺鉄線が高い位置まで張られており、容易には飛び込みができなくなっている。しかし、それをかいくぐるように、橋から飛び込んだ女性がいた。

平成十八（二〇〇六）年の十月のこと。

普段は閑静な街である御代田町に衝撃が走った。

軽井沢大橋に一台の不審な車が停まっているという通報が警察署に入った。警官が駆けつけると、運転手の姿はない。車のドアを開けてみると、なにやら手紙のようなものが置いてある。それを開いてみたところ、「自首できずにすみません」と書かれていた。

車両の持ち主が調べられ、すぐに該当人物の家に向かったところ、その家の妻を除く一家三人の死体が発見された。地元の有名企業に勤める夫と十八歳の娘、そして義母である。

その殺され方が異常だった。頭の数箇所に、テントを張るときに使う金属製の杭が打ち込まれていたのである。それはなにか宗教的な儀式を思わせるものだった。

行方不明になっている妻が重要参考人と目された。車が停まっていたのが、自殺の名所として名高い軽井沢大橋とあって、そこから飛び降りたのではないかと考えられた。

しかし、河川敷に死体は見当たらなかった。が、それからほどなくして、五百メートルほど下った場所に位置する湯川ダムの窪みのところに浮かんでいる妻が発見された。後の調査で、妻は精神疾患を患っていて、抗うつ剤を服用していたことがわかった。家のなかにも遺書と思われる書置きがあり、近所のひとには体調が優れないなどといったことを漏らしていたという。

先述の通り、橋の欄干には有刺鉄線があるため、どうやって乗り越えたのか調べたところ、車のルーフに足跡があったので、そこにあがって飛び降りたのだろうと結論づけられたそうだ。

話としては一家心中事件だが、猟奇的な手段を用いた理由がわからず、謎の多い事件として今も語り草になっている。

また記憶に新しいところでは、平成二十九（二〇一七）年の一月に、県内の同じ高校に通う女子高生ふたりが、この橋から飛び降りて亡くなった。ふたりの亡骸はすぐ下の河川敷で見つかったそうだ。

当初はいじめを苦にした自殺と思われたが、生徒たちの聞き取り調査の結果では、そのようなことは一切確認できなかったという。

これもまた思わず首を傾げてしまうような事件であった。

もっとも、自死を択ぶひとの心理を生きている者があれこれと推測するのは、そもそも無理なことなのかもしれない。しかし、軽井沢大橋は単なる自殺の名所ではない。人智を越えたなにかがある気がしてならないのは、私だけだろうか。

二十八　野天の火葬場（伊那市）

昭和の初めの頃、南アルプスの仙丈ケ岳の登山道そばの戸台集落であった話だという。

ある年の冬、ひとりの集落民が用事から帰ってくると、すっかり夜も遅くなっていた。

辺りは雪明りに包まれ、ほの明るい。が、その明るさは雪だけのせいではなかった。

雪原のうえには建物のない野天の火葬場がある。そこで赤い火が勢いよく燃えさかっていた。

岡谷から戻ってきた女工が死亡し、その日の朝、葬式が行われていた。十八歳の娘の肉体が焼けはぜている炎であった。

火葬には慣れているはずだったが、若い女が死んだということで集落民は気の毒に思った。

そのせいか、なぜかいつもより薄気味悪く感じる。できるだけ火葬場のほうを見ないようにして雪道を急いだ。

しばらく進んだとき、がりがりがりがりがり、と妙な物音を聞いた。見ると、雪のなかに一匹のキツネがうずくまり、口になにかをくわえている。なんだろうと眼をこらしてみると、それは人間の骨のようだった。

するとそのとき、キツネがこちらを一瞬見やって、煤けた骨を口にしたまま山のほうへと軽やかに駆けていった。

不思議なことに、人骨は青白い火を放ち、まるで火の玉が山へ山へと登っていくようだったという。

二十九　土器を拾う（茅野市）

八ヶ岳にほど近い、山麓の地区に住むDさんの話である。

Dさんの住む地区では縄文時代の遺跡が数多く見つかっているという。

遺跡の周辺を整備して、土器を展示する史料館を建てるなど、地区では観光のメインとして遺跡を売り出しているそうだ。


四十年ほど前のこと。

当時、小学五年生だったDさんは、友人と土器を拾いに畑に行った。

「今はわかりませんが、当時は収穫の終わった田畑でごろごろ拾えたんです。そういったところは毎年耕されていますから、古い地層が表に出るんですよね。畑の持ち主に見つかると怒られることもありましたけど」

その日は、いつものように土器が見つからなかった。

友人のF君は飽きてしまったようで、持ってきたサッカーボールを蹴って遊んでいる。

「そこは初めて来た場所だったんです。二時間ほどあっちこっちをほじくっていたんですが――」

やけ気味になって掘っていたDさんのスコップの先に、かつん、となにかが当たった。

固い感触なので、最初は石だろうと思ったが、土を払ってみると土器の欠片だった。

厚さ約一センチで十センチ四方ほどの大きさだった。

形からして、壺の一部分のようにDさんには思えた。縄文式土器特有の紋様があり、その中心に人面のようなものが表現されている。

「今まで見たことがないものでしたから、これはすごい発見だと思って、学校に持っていこうと。遺跡の調査に携わっている先生がいたんです」

土器を家に持ち帰った、その日。

家で飼っている雑種犬のゴロウが死んだ。

犬小屋の横で白目を剥いて舌を出して息絶えていた。予防接種の類は毎年受けていたし、特に病気の徴候はなかったという。


その次の日。

祖父が心筋梗塞で死んだ。

毎月決まった日に病院へ行き、医者からも健康体のお墨付きをもらっていたのに、である。家族にとっては、まさに寝耳に水の出来事だった。


祖父の葬儀で慌しかった、その二日後。

母親が事故を起こした。

畑仕事帰りの老人が運転するバイクと接触したのだ。母親にけがはなかったが、翌日、相手の老人は亡くなってしまった。

「子ども心に、なんだか怖くなってしまって。ひょっとしたら、自分が拾ってきた土器が原因なんじゃないかと――」

すぐに拾ってきた畑に土器を戻しにいったそうだ。

それ以降は、特に変わったことは起こらなかったという。

「あれは土器じゃなかったのかもしれません」

そう最後にDさんは呟くようにいった。

三十　千人塚と経石（上伊那郡及び下伊那郡）

上伊那郡飯島町に「千人塚城ヶ池」というため池がある。

中央アルプス県立自然公園に指定され、平成二十二（二〇一〇）年には農林水産省の「ため池百選」にも選定された大変美しい場所だ。

その城ヶ池の南東に小島のようになっている箇所があり、ここが塚なのだという。塚の近くには武田方の上村左近が守る北山（北村）城があり、天正十（一五八二）年に織田信忠によって攻められた。その際に討ち死にした者や自刃した者を、遺骸や武具などと一緒に一切合切まとめて埋めてしまったということである。

その後、ここへ草刈りに行って刀や鍔《つば》、鏃《やじり》などを拾うと瘧《おこり》（疫病）になるとされた。また、それからも村のなかで悪疫が蔓延すると、塚の祟りではないか、と村の者たちは噂した。それで巫女を呼んで拝んでもらうと、暗に違わず、戦死者たちの霊が祟っている、と告げられたという

だが、しばらくは慰労が行われず、百年以上が経過した天明年間（一七八一～一七八九）にようやく法会が行われるようになり、天保十五（一八四四）年に千九人童子の碑が建てられ、以来毎年、春秋二回の供養を続けられているそうである。

また同じように信忠に攻められ落城した大島城は、百十数年間荒廃したままだった。そのためか、昔は夜になると、古井戸のなかから戦死した士卒たちの断末魔の叫び声や嘆き悲しむ声が聞こえてきたという。

そこで了縁日寿という僧侶が小石に法華経を書き、井戸の際に埋めて、ねんごろに亡霊を弔ったそうだ。

井戸の傍には供養塔があり、その近くでは現在でもお経を記した小石が見つかるそうである。

三十一　山で撮影した写真（大町市及び木曽郡）

昭和八（一九三三）年の夏のことだという。

大阪市に所在する女子大の教授が、北アルプスの槍ヶ岳に登ったとき、氷河のクレバス（氷の裂け目）に興味をひかれて、写真を一枚カメラに収めた。

下山後、槍ヶ岳で撮ってきた写真を現像すると、例のクレバスを撮影した一枚に釘付けとなった。

雪渓に出来た深い割れ目の下に、シャツを着てリュックサックを背負った若い男が写っている。撮影したときには、そんな男はいなかったはずで、教授は不思議で仕方がなかった。

あの日、クレバスを撮ったのはその一枚だけで、自分が狙った構図で写っているので、教授は首をひねるばかりだった。

ある日、教授の家に顔を出したので、その話を伝えて写真を見せたところ、友人は眼を丸くして、

「君、これはB君じゃないか。ああ、たしかにそうだ」

と、興奮した面持ちで呟いている。

B君というのは、東大阪市の大学の学生で、その前年、槍ヶ岳で遭難し、腐乱死体となって発見された若者だった。

教授が槍ヶ岳に登ったのは、その彼が遭難してからちょうど一年が経った日とあって、これもなにかの縁かもしれないと、その日のうちにB君の家を訪ねて写真を見せた。

差し出されたものを眼にするやいなや、

「ああ、たしかにそうです、間違いありません」

そういってB君の家族は泣いたという。


また、山で撮った写真にまつわる、こんな話もある。

大正十二（一九二三）年のこと。

東京・品川で洋服店を経営していたSというひとには九歳と二歳になる男の子がいたが、突然ふたりとも疫病に罹って亡くなってしまった。

Sさんは非常に心を痛め、どんな心境の変化か、木曽の御嶽山に登って信心を始めたそうである。

その翌年の夏、Sさんは御嶽山頂上の奥の院で、登山者の撮影をしているカメラマンに記念写真を撮ってもらった。後日、送ってもらった写真を見ると、Sさんの後ろのほうにふたりの子どもが写っている。

長男が次男を抱いている姿だったという。

三十二　湖面を移動する女（塩尻市）

工場に勤めるKさんからこんな話を聞いた。

十八年ほど前、Kさんは友人四人と「沓沢湖」へバス釣りに出掛けたという。

沓沢湖は元々農業用のため池として造られたが、その後、市の上水道の水源として使われるようになった人工湖である。

現在では釣りやボート遊びは禁止されているが、当時はバスポンド（バスが生息している湖沼）として有名な場所だったそうだ。

皆散り散りになって一時間ほど糸を垂らしていたが、なぜか誰の竿にも一匹も掛からない。

その日集まっていた全員が釣りの腕には自信があったので、どうしてかと不思議でならなかった。

するると、Kさんの竿に強い当たりがあり、Kさんが引き上げてみると六十センチはありそうな大物のブラックバスが掛かっている。

「見ろよ、デカいぞッ！」

Kさんがそういうと友人たちがぞろぞろと集まってきて、「でけえなあ」とか言いながら見ていたが、ひとりの友人が、

「おい、こいつの顔、なんか人間っぽくねえか？」

すると他の者たちも、「うわっ、ホントだ！」など、と騒いでいる。

「人面魚ってか？　アホらしいわ」

そんな馬鹿なことが、とKさんがよく見てみると、角度によってはたしかにそんなふうに見えなくもない。が、折角釣ったのにケチをつけられたようで、少し腹立たしくなって、

「お前ら釣れないからって、そんなふうにいいやがってよ。――なあ、お前もひどいこと言われちまって、かわいそうにな」

釣り上げた魚に向かってそう呟いた瞬間、突然、一陣の風が吹き、にわかに肌寒くなった。

雲ひとつない晴天だったのに、いつのまにかどんよりと空は曇っている。

太陽が隠れてしまったことで気温が急激に下がったようだった。

友人のひとりが腕をさすりながら、

「お前以外みんなボーズだしさ、天気も悪くなってきたから、そろそろ引き上げようぜ。それに、なんだかちょっと気味が悪い――」と言った。

鬱蒼とした木々に囲まれた湖面は深い緑色で、晴れているときはさほど感じなかったが、辺りは一帯、重く沈んだ空気に包まれている。

Kさんとしてはもう少し続けたかったが、ひとりで残るわけにもいかないので、仕方なく同意して片付けを始めたとき、対岸の木立のなかに白い服を着たひとが立っているのが見えた。


「おい、あそこに誰かいるよな?」

そういってKさんが指をさしながら友人に訊くと、

「ああ、うん、女だな。若い女のひとだろう。釣り客じゃなさそうだな」


すると、そのときだった。

白い服の女が木立から離れた。――が、それは歩くというより、ふわふわと漂う感じで岸辺まで下りてきて、そのまま湖のなかに入っていく。

なにごとかとKさんは固唾《かたず》を呑んだが、一瞬にして湖の真ん中近くまで女が移動したので、思わず眼を疑った。

すぐ隣にいた友人に、

「おい、今の見たかッ⁉」

そう訊くと、ああ、とだけ友人は答えて、口を開けたまま湖面を凝視している。

そのとき、この場所が自殺の名所になっているということを卒然と思い出した。

自殺志願者なのか。もしそうであれば、放っておくことはできない。

助けなければ、と思ったそのとき――。

水面から顔だけ出している女が、つうう一っ……と、また元の岸辺に戻っていく。

その速さが尋常ではない。湖面を首だけが移動しているように見えたので、ぞっとした。

岸辺に上がった女はそのまま木立のほうに向かっていくが、なぜか洋服が濡れている様子がないのが遠目にもわかった。

すると、瞬きをしたわずかな間に女の姿を見失ってしまったので、Kさんは驚いて友人

のほうを見やった。向こうも同じ思いを持っていたようで、顔を引きつらせながら、

「早く帰らないとマジでヤバいかもしれない。もう引き上げようぜ！」

皆でKさんの車に乗り込み、エンジンを掛けようとキーを廻そうとするが、なぜか動かない。それでもガチャガチャと何度か試すうちになんとか廻り、車を発進させることができた。

湖から一般道に出るには細いトンネルを通らねばならない。

距離は百メートルほどと短いが幅が車一台分しかなく、対向車がある場合、交互通行をしなければならないほどだった。

幸い向かい側から車が来る様子はないので、ヘッドライトを点けて一気に抜けようとした。

すると――。

車のライトが突然消えた。

ライトレバーを押したり引いたりしてみるが、まるで無駄だった。壁にぶつかりそうになりながらも、出口から漏れる明かりだけを頼りになんとかトンネルから抜け出して、少

し行ったところで車を停めた。

ライトを確認してみると、左右のライトのヒューズが切れてしまっていた。その前の月に車検から上がってきたばかりだったという。

それ以降、Kさんたちはその湖には近づかないようにしているそうだ。

「その後、釣りやボート遊びが禁止になったのは、衛生面や安全面の問題ではなく、僕らみたいな経験をしたひとが、たくさんいたからじゃないかって思うんですよね」

Kさんは、そう語る。

三十三　墓地に佇む女（駒ヶ根市）

いつの頃の話か、正確なことはわかっていない。

中央アルプス宝剣岳山麓の村の、ある温泉宿にひとりの旅役者が避暑に訪れた。彼は病身であったが、春らしい陽気に誘われて、ある晩ふと散歩に出た。いつのまにか墓地があるところまで来たとき、彼は思わず立ち止まった。青白い月光の下、まだ新しい墓の前に女がひとり立っている。その女がわが子を抱きかかえている——と役者は思ったが、よく見ると子どもは生きてはいなかった。死んでからかなり経っていると思われる幼児を抱いているのだ。

その頬に女は口をつけて、今にも喰らいつこうとしているかのようだった。

すると、女は男のほうを振り向き、にたりと微笑んだ。あまりのことに男は驚いて、その場に倒れこみ、気を失ってしまった。

それからしばらく経って、見回りをしていた村人に男は助けられたが、すぐに女の正体がわかった。

女は村の有力者の家に嫁いだ者だったが、子どもが死んで悲しみのあまり発狂したのだという。

夜になるたびに墓をあばき、わが子を抱きしめる。どんなに深く埋め直しても、女は掘り出してしまうとのことだった。

実際のところは子どもの死体を食っていたのではなく、頬ずりをしていたのだが、やはり恐ろしいことには変わらなかった。が、それ以上に、男はそんなことを繰り返してしまう女のことを不憫に思った。

その後、旅役者の男は自分の見たものを題材に芝居を演じて、各地で好評を博したそうだ。

三十四　貞享騒動と加助の祟り（松本市）

中信地方の郷土史を語る際に、避けることができない話がある。それがこの貞享騒動である。

時は江戸時代の貞享三（一六八六）年のこと。

現在の安曇野市三郷の中萱に多田加助という人物が住んでいた。加助は商家の生まれだったが、生家は広大で、周囲には土手がめぐり、堀も設けられ、城さながらだったという。だが、生来の気骨が藩の役人たちに気に入られず、加助は役を解かれていたそうである。

徳川時代の松本藩主は、石川、小笠原、戸田、松平、堀田を経て、貞享年間には水野氏になっていた。騒動はこの水野氏三代目の忠直のときに起きた。

その年は気候が悪く、長雨が続き作物が育たなかった。それでも藩は百姓たちから重い年貢を取り立てようとした。

当時年貢は一俵当たり二斗五升が平均的な相場だったが、松本藩は三斗だった。ただでさえ多めなのに、それを三斗五升に引き上げるというお触れを出したのである。

加助は、それを黙って見ているわけにはいかなかった。

なぜなら、以前から加助の家に寄宿していた儒学者・丸山文左衛門の「身を殺して仁となす」「義を見てなさざるは勇なきなり」といった教えに深く傾倒していたからだった。

そこで同士の者たちと語り合い、ある日、こっそりと中萱の熊野権現の森に集まり、協議の末、百姓たちに代わって藩主に訴え出ることにした。

そのときの同士とは、楡村の小穴善兵衛、大妻村の小松作兵衛、氷室村の中野半之助、堀米村の堀米弥三郎及び丸山吉兵衛、梶海渡村の塩原惣左衛門、浅間村の三浦善七、岡田村の橋爪嘉助、執田光村の望月戸右衛門、笹部村の赤羽金兵衛、三溝村の百瀬左平治に加助を加えた総勢十二名である。

加助たちの訴えは全部で五つあったが、主なものは下記の二つだった。

それは、「籾を足で踏んで籾皮を薄くする行為をやめにすること」と「米一俵三斗五升を二斗五升にしてほしい」というものである。

いずれも幕府の定めにはないもので、特に年貢の取り立て量は幕府の税率に反した藩の勝手にすぎなかった。

加助たち一行は藩に掛け合おうとしたが、城門は閉め切られ、まったく相手にされなかった。すると、うわさを聞きつけた近隣の百姓たちが蓑笠で身を固め、鋤や鍬を手に持ち、焼餅を腰に携えて、城の周辺に押し寄せた。

その数は数万余に及んだといわれ、藩は城の近くの宿屋に百姓たちを宿泊させてはならないと命じた。だが、百姓たちは縄手や上土、また城山や筑摩辺りに陣取って、

「お願い者でありますッ！　お願い者でありますッ！」

そう口々に叫んだ。が、五日経っても埒があかず、加助たちは最後の手段として、幕府に直訴することにした。藩としては、もし加助たちに直訴されれば定めに反していたことが幕府に露見してしまうので、お家とりつぶしになりかねない。

当時の藩主・水野忠直は参勤交代で不在だったので、家老たちは困り、その場しのぎで

加助たちの要望を呑むと答えて百姓たちを解散させた。加助たちは願いが叶ったと喜び、それぞれが暮らす村に帰っていったが、藩はすぐに約束を反故にして、一揆の首謀者たちを捕縛して家族も全員、牢屋に入れられてしまった。

藩のなかには、百姓たちを欺く行為だと反対する鈴木伊織や土方縫之助などもいたが、家老たちの意向を変えることはできなかった。

そして十二月二十二日、加助たちは処刑されることになった。総勢二十八名。家族もろともだ。そのなかには十六歳の少女や生まれたばかりの一歳の赤子もいたという（赤子はその前に病死したという説もある）。

処刑は二ヶ所で行われることになり、安曇郡の者は勢高刑場（現在の松本市城山）で筑摩郡の者は出川刑場（現在の松本市井川城）で執行されることになった。

加助は安曇群の明盛村出身であるため勢高に連れていかれたが、刑場には竹矢来が組まれ、そこへ亀の子縛りにされた加助たちが姿を見せると、集まっていた千人以上の群衆は口々に藩吏の無情を罵り、「南無加助菩薩」や「南無阿弥陀仏善兵衛様」と念仏を唱えた。

そして、まだ幼い子どもたちが引き連れられてくると、皆大きな声で泣き叫んだ。

磔柱に加助がくくられ、脇の下を長槍で突かれるまさにその時、かっと眼を見開き、真っ赤に充血した瞳で眼下の松本城を睨みながら、

「二斗五升は我らの願い。我が魂は必ずや深志の城の天守にとどまらん。減租の願い果たさずおくものか。五分摺り二斗五升ッ!!」

そう叫んだ途端、突如地響きが起こり、天地が揺れ、天守閣が西のほうにぐらりと傾いたという。


その後、水野家は二代を経て忠恒になったが、江戸城内松の廊下で突然乱心を起こし、毛利師就に斬りかかった。すぐに取り押さえられ、領地没収のうえ切腹を申しつけられたが、紆余曲折の末、改易となった。しかし水野家が没落したことには変わりなく、市井の者たちは加助の祟りであると言いはやしたそうである。


以上が現在に伝わる貞享騒動と加助の祟りの話である。

もっとも、加助の一念で天守閣が傾いたというのは、後にできた創作話であるとされている。実際には、明治期に天守台の支持柱が腐ってしまい、大きく傾いている写真が撮影

されている。実際に写真を見ると、今にも倒壊してしまいそうな感じで、現在の松本城の姿からは想像がつかないほどだ。

加助の処刑された勢高刑場は臨時で設けられたものであったため、長らく正確な場所が不明だったが、昭和二十五（一九五〇）年のM中学校建設時に土中から大量の人骨が発見され、郷土史研究家たちを驚かせた。

その後の研究調査で人骨は十八体分あり、加助たちの遺骨に間違いないとされたそうだ。子どもの骨も含まれていたという。

現在、中学校の北側には神社が建てられ、ひっそりと義民塚が祀られているが、今でも毎年夏には慰霊祭が執り行われているそうである。

三十五　預かった乳飲み子（茅野市）

戦後まもない頃の話だという。

諏訪郡永明村（現在の茅野市）で材木業を営んでいたSさんは、跡継ぎの息子と一緒に村の寄り合いから帰る途中、近所では見かけない若い女に声を掛けられた。

なんだろうと立ち止まると、

「あの、すみませんが、ちょっとした用事がございまして。その間だけ、この子を抱いていてはもらえませんか」

そう言われて困ってしまったが、乳飲み子の可愛らしい顔を見ると嫌とはいえなかった。

仕方なく抱きかかえると、女は頭を下げてどこかへ行ってしまったが、どれだけ待っても戻ってこない。これはどうしたものかとふたりで交互に抱いていたが、まったく帰ってくる気配がなかった。

すると、どれくらい経った頃か、

「厚かましいお願いで申し訳ありませんが、わたしに代わって、どうかその子を育ててはくれませんか」

どこからともなくそんな声が聞こえてきたので、ふたりは思わずぞっとして顔を合わせた。

――と、そのとき、青白い炎が、すうっと、音もなくふたりの前を横切った。

これはとんでもないことになったと、泣く子どもを抱きながらとりあえず家に帰ったのだが、その直後に、あろうことか家にいたSさんの孫（息子の次男坊）が、ふざけた拍子に家の内井戸へ落ちてしまった。

息子は必死の形相でわが子を助け出そうとしている。と、そのとき、女に預けられた乳飲み子が、なぜかSさんの腕のなかで真っ白い雪のかたまりに変わっていた。

井戸に落ちた次男坊は、結局助からなかったという。

この話はどこか民話的な趣があり、大分県で聞かれるウグメの妖怪譚や信州の白馬岳周辺に伝わっている雪女伝説との相似が興味深い。

しかし、これが昭和に入ってからの、しかも戦後に起きた出来事というのが、にわかには信じがたい点だが、もし事実であるのなら恐ろしい話である。

三十六　苔むした石（北佐久郡）

Ｆさんという、とある会社の社長から聞いた話である。

一九七〇年代の中頃のことだという。

その日、Ｆさんが旧軽井沢の別荘地近くの高台になっているところを歩いていると、突然よろめいて、転がりながら落ちてしまった。大したけがはしなかったが、眼の前に幅五十センチほどはありそうな苔むした大きな石があったので、これに頭をぶつけていたら大変だったと青くなった。

するとその時、石になにかが刻まれている気がして、手で苔をむしってみると、たしかにひとの手によって彫られた文字のようなものが刻まれていた。風化していて殆ど読めないが、かろうじて「居士」という文字だけはっきりと読めた。その瞬間、これが墓石であることに気づき、Fさんはぞっとした。周囲を見渡すと、似たような大きな石がごろごろと転がっている。いずれも古いもののようで、文字はうっすらとわかる程度だったが、顔を近づけてみると、やはり墓石で間違いなかった。

後日、その話を知人にしたところ、旧軽井沢の鬱蒼とした林を宅地として開発したとき、古い墓地を潰してしまったということだった。土地を開発した業者のなかには、そういった苔むした墓石を土地の境界線代わりに使ったところもあったという。

地域の古老の話によれば、林のなかにはかつて寺のようなものがあったというので、廃仏毀釈により廃寺になった跡だろうとFさんはいう。

またその付近では、血にまみれながら抜刀する古武士や首のない甲冑姿の幽霊の目撃談もあるそうで、戦いに散った者たちの墓地も林のなか、ひと知れず転がっていたのかもしれない。

三十七　首を吊った女（長野市）

明治十一（一八七八）年の旧暦四月の終わり頃、三河の寒村に嫁いだ二十歳を少し越えたばかりのテツという女が、家の梁《はり》に首を括って死んでしまった。盗みの疑いをかけられ、親類が集まって離縁にすると話しているのを立ち聞きしてしまったのが、自殺の動機だろうと考えられた。

ちょうどそのとき、村のふたりの者が信濃の善光寺の参詣に行っていた。御堂の御籠りを済ませて山門を出ると、向こう側から大勢の参詣者を押しのけながら歩いてくる若い女が眼に入った。

白手ぬぐいをかぶって、結城縞の着物に黒い帯を締めている。二人とも、その女になにか見覚えがある気がしたが、ひと違いだろうと、そのまますれ違った瞬間、はっと思って女のほうを見やると、うつむいたまま、すうっと、ひと込みのなかに紛れ、本堂のほうに歩いていった。

あれはテツではないのか。ああ、たしかにそうだった。

ふたりとも意見が合ったので、まず間違いなかろうということになった。

こんな場所で見かけるとは不思議なものだが、多くの人が訪れる善光寺なのだから、そんなこともあるだろう、とふたりは思った。

三河に入り、田口の親類の家に立ち寄ったとき、善光寺でテツを見かけたことをいうと、その朝に首を吊って死んだことを知らされ、ふたりは吃驚してしまった。

ちなみにふたりは死んだテツとは縁続きの者で、テツが嫁ぐ前にしばらく家にあげて世話をしていたのだ。

テツは縁側でいつも機織りをしていたが、そのときの格好が、善光寺の山門で見かけたのとまったく同じで、黒い帯の結びをだらりと下げている癖もそっくりそのままだったという。

三十八　ハンゴウ池（下高井郡）

長野県から群馬県の草津へと向かう県境に、白根山という活火山がある。

平成二十九（二〇一八）年一月二十三日に発生した噴火によって、スキー訓練中の陸上自衛隊員が一名亡くなり、他十一名が重軽傷を負うという惨事があったことは記憶に新しいところだ。

その山の頂上付近に小さな池があるという。

太平洋戦争時、行軍してきた兵隊たちが、その池の傍で炊事をすることになった。

すると、ひとりの兵士が飯盒《はんごう》をなくしたことに気づいた。

まさか上官に報告できるわけはない。それに正直に言ったところで新しいものを与えられるわけがなかった。罵られ、殴られるのが関の山だ。

自分だけもう白米は食べられないのかと悲観した兵士は、飯の時間を待たず、他の者たちの眼を盗むようにして、池に入水してしまった。

それ以来、夜になると池のなかから、

「はらへったー、はんごうねえー、はんごう、はんごうねえか——」

死んだ兵士の、すすり泣きながら呟くような声が聞こえるのだそうだ。

それからというもの、そこは「ハンゴウ池」と呼ばれるようになったという。

このような理由で死を選んでしまうことは、現代の感覚ではとても考えられないが、戦時中は普通の出来事だったのかもしれない。

池から聞こえる声よりも、本当に恐ろしいのは、このような時代があったことではないだろうか。

三十九　諏訪湖と女工哀史（岡谷市）

長野県内には湖が多いが、最も面積が広いのは諏訪湖である。

諏訪湖は古くから訪れる者たちの心を捉え、地域のひとたちに愛されてきた、南信地方のシンボル、あるいはメルクマール（目印）といっていいだろう。

葛飾北斎の富岳三十六景にも諏訪湖から望む富士山が描かれた浮世絵があるが、これには高島城が大きく描かれており、現在の景観と比較してみるのもまた面白い。

諏訪湖にまつわる伝承は多いが、なかでも武田信玄の水中墓伝説は有名だ。

信玄は信濃国伊那郡駒場（現在の下伊那郡阿智村駒場）で死去したとされているが、死を目前にして、「自分の死を三年間秘密にせよ。その後、遺骸に甲冑を着せて諏訪湖に沈めよ」という遺言を残したという。

その後、昭和の終わり頃から国土地理院の調査が始まったが、その際に一辺が約二十五メートルほどの、菱形のなにかが湖底にあることがわかったという。それを受けて、信州大学をはじめ複数のマスコミが湖底調査に乗り出したが、それは信玄の墓標ではなく、湖底の窪みであることが判明したそうだ。もっとも、湖底には厚く泥が堆積しているので明確な事実ははわかっていないが、とても自然にできたとは思えないほど、はっきりとした菱形の造形だったとのことである。水中墓の謎は解明されていないが、今でも信じている者が多いという。


また冬季の諏訪湖では「御神渡り」が見られることで有名だ。

御神渡りとは、凍った湖面に盛り上がった氷堤ができる現象のことである。日中、気温が上がって氷が膨張すると、両側から圧力がかかり薄氷が割れて、亀裂のように氷堤ができるのだそうだ。

諏訪大社の上社と下社は、御神渡りが起こりやすい湖の両端の近くに、相対するように祀られているのだという。御神渡りは上社の男神が下社の女神のもとに歩いていった跡という、ロマンチックな伝承も残っている。

このような神秘的な言い伝えの多い諏訪湖であるが、哀しい歴史もある。

明治期から昭和初期にかけて、諏訪湖の周囲一帯では製糸業が盛んであった。群馬県の富岡製糸場の開設を機に、製糸業は日本の一大輸出産業となっていった。最盛期は日本の生糸生産は世界の八十パーセントを占めていたという。

この諏訪地域は福島や群馬に比べると新興だったが、早くから洋式機械が導入され、生糸の生産量は急速に他府県を凌駕したそうである。が、そこまでに至るには、やはり多くの代償があったのだ。

紡績工場は多くの女工たちが働いていたが、そのなかには十代前半の、まだ少女のような者までいたそうである。女工たちは飛騨地方(今の岐阜県北部)から来ているものが多かったが、当時の飛騨地方は産業がなく食べていくことができず、そのため女性たちは、はるばる野麦峠を越えて諏訪湖沿岸までやってきたのだ。

当時の女工たちの証言によると、製糸場では寝る間もなく働かされ、なにか失敗をすると平手打ちをされるなど、かなり過酷な労働環境だったようだ。その話を聞くと、今でいう「ブラック企業」を思わせる。

もっとも、労働環境はさほど悪くなかったという話もあり、「百円工女」という言葉もあったようだ。当時の百円は家が建つような大金で、熟練の女工の中にはそれだけ稼いで故郷に帰った者もいたのかもしれない。また実家の農家の仕事のほうがよほどキツかったと発言する者もいたという。だが、圧倒的に聞くことが多いのは、やはり悲惨な話である。

故郷に帰るにしても、厳冬期の野麦峠を越えることは至難の業で、凍死する者、足を滑らせて谷底に落ちて死んでしまう者もいたという。また製糸場内では結核を患って死ぬ者が多く、精神的に不安定になる者も後を絶たなかったようだ。そういった者たちは、次々と諏訪湖に身を投げたという。湖面から浮き上がってこないように、着物の袂に石をたくさん入れて入水したのだ。

連日のように女工たちの死体が上がるので、

「カラスの鳴かない日はあっても、女工が諏訪湖に飛び込まない日はない」

と、いわれるほどだったそうだ。

そのような暗い過去があったせいか、現在でもこの湖では女工と思しき幽霊の目撃談が多い。

今から十年ほど前、諏訪市に住む会社員の男性Dさんが、湖の周りをジョギングしていると、どこかからハミングのような歌声が聞こえたそうだ。周囲を見やるが誰もいない。さほど気にせず、そのまましばらく走っていたが、歌声があまりにも長く聞こえるので、おかしいと思った瞬間、湖のなかから腕だけが四、五本、音もなくぬうっと出てきたので、驚きのあまり足がもつれ、その場に激しく転倒してしまった。

湖面から出ている腕の色は、たとえようもないほど青白く、今でもたまに夢に見てしまうそうだ。また不思議なのは、たった一度耳にしただけの歌——しかもハミングだというのに、そのメロディが頭にこびりついてしまったことだった。

現代風の曲ではないため、なんというタイトルか長らくわからなかったが、数年前にテレビの懐メロ番組を観ているときに流れた『からたちの花』（作詞・北原白秋　作曲・山田耕作）という唱歌によく似ていたという。

諏訪湖では、現在でも時折溺死体が上がるが、多くは釜口水門の近くに浮いているそうだ。平成十八（二〇〇六）年には行方不明になった男子小学生が、やはりこの釜口水門で水死体となって発見されるという痛ましい事故があった。

水門付近には時代にとり残されたような古びた公衆電話ボックスがあるが、そこで幽霊を目撃したという者がしばしば現れるらしい。ただ、こちらは白い洋装の女性の霊とのことで女工とは関係なさそうだが、やはり女工たちと同じように、この湖で亡くなったひとなのだろうか。

湖は、周辺に住むひとたちの心を和ませ癒しをもたらすが、水辺というのは常に危険がつきまとうもの。諏訪湖には、「死」に捉われた者を引きずり込んでしまう、なにかがあるのかもしれない。

四十　受取人名のない小包（北信地方）

二十年ほど前の話である。

当時Nさんは、北信地方のとある町の郵便局に勤務していた。窓口業務ではなく、いわゆる外回り、郵便物の集配業務を担当していたという。

Nさんが入局した同時期に、Yさんというベテランの配達員が定年退職した。その引き継ぎの際に、こんなことをYさんから言われた。

「河原沿いを北にまっすぐ、そうさなァ、二キロばかし行ったところに、一本松いう場所があるのは知っとるかや。あそこにぽつんと一軒だけ家があるが、そこに郵便物を持っていくときは気をつけたほうがええわ」

どういうことかわからず、Nさんはその理由を尋ねた。

「まあ訊かんほうがいいと思うよ。知っちまったら、行くのが嫌になっちまうから。前にそこを担当してた若え奴はな、その家に届けなきゃいけねえ小包を、あっこの川に流しちまって、それがバレて懲戒処分だったわ。行きたくねえからって、捨てちゃいけねえ」

それだけ言うとYさんは簡単に引き継ぎを済ませ、送別会に出るために早々に帰ってしまった。その話だけでは訳がわからなかったが、（どこの町にもいる、偏屈な爺さんか婆さんでも住んでいるのだろう）ぐらいにNさんは思っていた。

郵便局に勤め始めてから三ヶ月ほど経った、ある日のこと。

外国からの郵便小包がひとつ、集配デスクのうえに置いてあるのをNさんは見かけた。伝票に書かれた文字を見ると、外国人特有の癖のあるアルファベットで記入されている。長野オリンピックの影響か、この辺りの田舎町でも外国人を見かけることは多くなっていた。といっても、その殆どは観光客で、Nさんの知るかぎり、この町に外国人が住んでいるとは聞いたことがない。いや、いるのかもしれないが、人口が一万にも満たない小さな町なのだから、自然と耳に入ってくるに違いなかった。

――ああこれ、外国人宛ではなくて、日本人宛の荷物じゃないのか。

ふとそう思い、再び伝票に眼を落とした。癖の強い字を苦労しながら読んでいくと、そこに記入されている宛先は、退職したYさんが言っていた、あの一本松の家の住所だった。が、受取人の名前はどこにも記されていない。

伝票の下側の欄に小さく書かれた発送元を見ると、読みにくい文字の羅列の後に、最後だけやけに丁寧に、ある東欧の国の名が書かれている。

Nさんは傍にいた女性局員に、

「この荷物は配達しなくていいんですか」

そう尋ねると、

「そうなのよ。宛先の住所は書いてあるんだけど、肝心な名前がなくてねえ。送り主に戻すか配達するのか、局長の判断を仰ごうと思ってどけているんだけど。でも、前にもこんなことがあったわ、あれはたしか――」

女性局員は怪訝そうな顔で小包を見つめている。

「前にもって、そのときはどうされたんですか」

「うーん、覚えてないけど……ああ、そうそう。、たしかT君が持っていったんだっけ。それでT君がなんでかねえ、川に流しちゃったのよ」

T君というのは、Yさんが言っていた懲戒処分になった若者のことらしい。

「そのときに局長が言ったの。名前なんてなくても、住所がわかっているなら持っていけって。T君、あのときすごく嫌がってたわ。思いっきり顔に出てたもの。すごく真面目な子だったのよ。それにしてもなんでかねえ、どうして川に捨てるようなことをしたんだろう」

「いいですよ、僕が持っていきますから」

Nさんはそういうと、女性局員の返事を待たずに荷物を腕に抱えた。

受け持ちエリアのことは逐一知っておかなければという職業意識も多分にあったとNさんは言う。が、もっとも彼を動かしたのは、例の一本松の家への純粋な興味だった。なにを言うのか知らないが、偏屈な爺さんだか婆さんにも会ってみたい。Yさんが言っていたように、気をつければ問題ないだろうと軽く考えていたのだった。

Nさんは河原沿いを郵便配達バイクで飛ばした。

ほどなく立派な枝ぶりの、赤松の巨木が一本だけそびえている一本松と呼ばれる地区に差し掛かった。その辺一帯は見渡すかぎり田圃と畑ばかりだった。そういう時間帯なのか、農家のひとの姿もまったく見えない。

するとそのなかに、粗末な平屋の家屋が一軒だけ、ぽつんとある様子がNさんの視界に入った。

家の造作からして、築三十年ほどといったところか。

——あの家か。

水を張った田圃に取り囲まれるように建っているその家には、なぜか敷地に入るための道がどこにもない。おかしいなと思いながら、ぐるりと一周回ってみても、やはり家につながる入り口は見当たらなかった。

建物の規模はまるで違うが、お濠に囲まれた城かなにかのように思えたという。

仕方なく、Nさんは田圃の脇道にバイクを停め、荷物を取り出した。畦道を伝って、家の敷地に踏み込んだ。

玄関口に立ち、チャイムを鳴らす。

しばらく待ってみたが、なんの反応もない。そればかりか、ひとが住んでいるような気配すらない。新聞は取っていないか、ドアの中央にあるポスト口にはなにも入っていなかった。

玄関の右側の、居間と思しきガラス窓のカーテンの端が、十センチほど開いているのに

Nさんは気づいた。部屋の明かりは点いていない。

——留守なのかな。

そう思った瞬間、カーテンの端がサッと音を立てて閉め切られるのをNさんは見た。

——おい、なんだよ。いるなら早く出てくれないかな。

再びチャイムを押す。

小さな家のなかを、不釣合いなほど大きな呼び出し音が響き渡るのが、ドア越しに聞こえた。

と、そのとき、ドアの内側で、がちゃりと錠が下りるような音がした。しかし、いつまで待っても扉は内側から開かれない。

訝しく思いながら、Nさんは玄関の引き手に手を掛けて、扉を開けた。

「こんにちはッ」

そう言いながら顔を上げた瞬間、思わぬことにNさんは固まってしまった。喉が張り付いたようになって、声がまったく出なかった。

「ドアを開いた先に白髪の老婦人が立っていたのですが、なんて言ったらいいのか……。いや、立っていたのではなく、浮いていたんです」

玄関の三和土のところで、まるで訪問客を出迎えるかのように老婦人は首を吊っていたという。

「それからは大変でした。職場に電話を入れて、警察を呼んで――」

死後一週間ほど経過していたという。初夏ではあったが、少し肌寒い日が続いていたせいか、腐敗はそれほどには進行していなかった。

「それで小包なんですが……大きな声では言えませんが、どさくさに紛れて家に持っていったんです。ええ、僕の自宅に。それがバレたら僕もコレでしたよ」

そう言いながら立てた親指を首に当てて、水平に動かした。

「なぜかはわかりませんが、その外国からの小包の中身がすごく気になってしまって。それで開けてみたんですよ。そうしたら――」

包みのなかには五十センチ四方ほどの、白い発砲スチロールの箱がひとつ入っていた。テープを剥がして蓋を開けてみると、なかにはびっしりと黒い土が入っている。今まで嗅いだことのない、生臭いような黴臭いような独特な異臭が漂ったという。

Nさんはそれを近くの公園に持っていき、土を植え込みのうえにぶちまけた。すると土のなかに、なにか干からびたようなものが入っている。ビニールかなにかだろうと、摘み上げようとしたとき、その正体がわかって、思わず飛び退いた。

猫だった。

カラカラに乾いて、頭が干し柿のようになった猫の死骸が、土のなかに埋まっていた。牙を剝き出しにしたその表情は、まさしく断末魔のものであったという。

「なんでこんなものをわざわざ外国から送ってくる必要があるのか、それにどんな使い道があるのか、さっぱりわかりませんけど……」


その数日後、退職したYさんと道でばったり会ったので、先日のことを話してみた。もちろん小包のことは言わなかったそうだ。

「あのお婆さんは、たったひとりで住んでいたそうです。でも僕は、あのときたしかに見たんですよ。部屋のカーテンがサッと閉じられるのを。あの家は何年かに一度、自殺者が出るそうなんです。Yさんが知っているだけでも、四人ほど亡くなっていると。古い配達員の間では、呪われた家とか首縊りの家、なんて言われていたらしいです。お客さんの家ですから、普段大声でそんなことは言わないそうですが――」

住人が変わっても、客が来ない家というのは共通していたのか、毎回死体を見つけるのは配達に訪れた郵便局員だったという。そのときに持っていった荷物は、決まって受取人名のない外国からの小包だったそうである。

小包を川に捨てて懲戒処分になった若者も、過去にその家で首吊り死体を発見したひとりだった。そのT君が見つけた縊死遺体《いしいたい》は、亡くなってからさほど時間が経っていなかったそうだ。地元の大学を出て、小学校の教職に就いたばかりの若い男性教員だった。

いつ頃からかは不明だが、老婦人が住むようになるまでの十年間ほどは、教員用の借家として貸し出されていたとのこと。

T君がそのエリアを担当している間、受取人名のない外国からの小包は二回来たという。最初が男性教員の縊死遺体を見つけたときで、警察の聴取の後、T君は小包を郵便局に持ち帰り、発送元に送り返したそうだ。二回目が女性局員の言っていた、一本松の家に行くのを嫌がっていたときのことであるらしい。結局、小包を送り届けることはなく、川に流してしまったのだが。

T君は二回目のときに勝手に開梱して、中身を見たのではないか。おそらくNさんの見たものと同じか、似たようなものが入っていたのだろう。それですっかり気味が悪くなって、川に捨てたのではないか。伝票の付いたままの小包を川の下流で誰かが見つけたかなにかで、捨てたことが露見したのに違いない。

T君がそういった行動に至った理由はわからないが、Nさんも似たようなことをしたので、なんとなく彼の気持ちが理解できる気がしたという。


後日、Nさんは空になった箱に適当に土を入れると、包みを元に戻して一本松の家に持っていき、裏の勝手口の前にそっと置いてきたそうだ。

「あの小包は、東欧の国から勝手に送りつけられてくるのではないかと、そんなふうに思うんです。定期的なのか、不定期なのかはわかりませんが。住所だけが記入されているということは、あの家に送りたいというだけで、受取人は誰でもよかったんじゃないかという気がするんですよね。受取人名はいつも記入されていないようでしたから」

一本松にあるその家は、元々誰が建てたものなのか、外国からの小包はいつ頃から届くようになったのか、あの小包と家の関係は、Nさんはその後、自分なりに調べてみたが、結局なにもわからなかったという。

それから二年ほど、件の家は空き家のままだったが、その間、外国からの小包は来なかったそうだ。しかし、その家に新しい住人が入居したことを聞いた翌月、Nさんは郵便局を依願退職した。

「それが理由ってわけではないですが、親戚が宅配会社を経営していて、手伝ってくれないかと言われまして――」

度々、例のエリアの担当を振られるそうだが、固く断り続けているそうである。

四十一　夜泣き石（塩尻市及び飯田市）

戦国時代、信濃国筑摩郡洗馬の領主である三村長親は、当初、信濃守護（国単位に設置された軍事指揮官及び行政官）の小笠原長時に従って武田信玄に対抗していたが、信濃の要衝である塩尻峠での戦いで武田軍に寝返ると、それ以降は武田側に従属したという。

天文二十四（一五五五）年の一月二十八日の夜、長親は信玄から恩賞を受けるため、二百人あまりの家来たちを意気揚々と連れて、甲府の一蓮寺に泊まっていた。ところが、

「一度主人を裏切った者は、また裏切る心配がある」

信玄はそう言って兵を送ると、寺に火をつけた。長親たちを皆殺しにしたのだ。そのために三村氏一族はほどなく滅亡してしまったそうだ。

長親は洗馬妙義山の城主だったが、山の麓に彼の居館があった。その場所には現在、県

史跡に指定されている釜井庵という旧宅が建っているが、この建物自体は十八世紀中頃に建立したといわれている。

その庭に高さ六十センチほどの丸い石がある。

この石に耳を当てると、悲しげにすすり泣くような声が聞こえるという。さらに夜更けになると、その声は一層大きくなるとのこと。

殺された長親や一族の怨念が石に宿ったといわれ、「夜泣き石」と呼ばれるようになったそうだ。


また南信の飯田市には別の「夜泣き石」伝承がある。

正徳五（一七一五）年のこと。

六月十七日から降り始めた雨が、翌日の早朝から豪雨になり、飯田下伊那地方で河川が氾濫し、甚大な災害をもたらした。伊那谷は山からの濁流が流れ込み、まるで湖沼のようになってしまったそうだ。

このとき、野底川上流でも山崩れが起き、土石流が発生した。山崩れ発生地点から松川合流点付近まで、全長七メートルほどの花崗岩の巨石が流れに乗って運ばれてきた。その際にひとりの子どもが巨石の下敷きになり亡くなってしまったという。

十九日の夕方になってようやく天竜川の水が引き始めたが、それ以降、石から子どもの泣き声が聞こえるようになったので、集落の者たちは皆気味悪がった。これは子どもが成仏していないためだろうと、石のうえに地蔵を祀って厚く供養したそうだ。

その年の干支は未だったので、この大洪水は「未の満水」と呼ばれ、三百年経った現在でもこの地方で語り継がれている。

四十二　死を呼ぶ火の玉（松本市）

登山を趣味にしているKさんは、山で火の玉を見たことがあるという。

北穂高小屋でのことだった。

南岳の大キレット（山の鞍部のV字状に切り込んだ岩稜帯）に火の玉が出現し、複数の宿泊者が小屋の外に出て目撃したそうだ。二時間近くに亘って出現したので、最初騒いでいた者たちも、さすがに飽きてしまったのか、部屋に戻ってしまったという。

またある日の深夜のこと。

Kさんが就寝中にふと尿意をおぼえ、トイレに行こうと起き出したとき、なにげなく窓ガラスのほうを見ると、小屋のすぐ外で青い火の玉がぐるんぐるんと宙を回っている。早くなったり遅くなったり、ゆらゆら揺れているかと思うと水平に移動したりと、動き方が一定していない。

次の瞬間、Kさんが見ていることに気づいたかのように、窓ガラス目掛けて飛んでくる。しかし、ぶつかる音はしない。ただ窓に当たっては離れるという行動を繰り返している。

最初は眼の錯覚かと思ったが、まぶたをこすっても変わらず飛んでいるので、

「おい、ちょっとアレ見てみろよ!」

隣に寝ている友人を叩き起こしながら、大きな声で言うと、

「……ったく、なんだよ、こんな時間に」

不服そうに起き上がった友人も、外の異様な光景を目の当たりにして、にわかに放心したような顔になった。ふたりは無言のまま見守っていたが、三十分ほどして火の玉はどこかに消え去ってしまったという。


その二日後のこと。

近くで遭難事故が起きたという報せが小屋に入った。

北穂へ至る縦走ルートを歩いていた男性が、なんでもないところで足を滑らせて落下し、

即死したというのである。後日、墜死したのは、火の玉を見た晩に同じ小屋に泊まっていた登山者であったことが判明した。

死んだ登山者と火の玉はなにか関係しているのではないか、とKさんは思った。しかしあのとき、まだそのひとは生きていたのだから、火の玉は死を予期するものだったのではないか——そうKさんは考えたという。

四十三　奈川渡ダム（松本市）

昭和三十九（一九六四）年に工事が着工された奈川渡ダムは、約五年の歳月を経て完成したが、その高さは一五五メートルで、同じアーチ式のコンクリートダムとしては黒部渓谷の黒部ダムに次ぐ日本第二位だった。その後、一メートルだけ高い広島県の温井ダムが造られて、現在では三位となったが、それでも訪れてみると、その高さは圧巻のひと言である。

ダム建設といえば、古くから多くの犠牲者を生むことで知られている。

先述の黒部ダムでは一七一人もの殉職者が出たそうだ。この奈川渡ダム建設時の同時期には、すぐ近くにに水殿ダムと稲核ダムも造られ、これらはまとめて「梓川三ダム」と呼ばれたが、この三つのダム工事での死者は九十九人にも上り、特に奈川渡ダムの工事で亡くなった作業員は七十五人と突出していたという。現在では、このような大規模工事が行われても、ここまで多くの死者が出ることはないが、こういった過去の悲惨な経験が事故防止に役立っているのに違いない。

この場所で写真を撮ると、複数の苦しそうな顔が写ることがあるといわれているが、成仏できない殉職者がまだこの地に留まっているのだろうか。

私（丸山）の知人が、奈川渡ダムの建設に従事したひとを知っているというので、紹介してもらうことになった。ご老人ということもあり、個人宅にお邪魔したのだが、その際にダム工事でどういう事故が多かったのかと尋ねてみると、

「どんな事故かって、コンクリの打設中に誤ってなかに落ちるモンが多かったわ。それで『大変だー!!』と騒いで工事を一旦やめちまうと、コンクリの強度が落ちてしまうもんだから、みんな見て見ぬふりよ。今じゃ考えられんかもしれんがね」

亡くなった方の人数を私がふと口に出すと、

「いんや、そんな数じゃきかねえんじゃねえかなあ。だって、あの当時は血の気の荒い連中が多かったから、揉めごとや喧嘩なんかしょっちゅうよ。それで足蹴にしたり押したり

して落とす奴もいたらしいよ。コンクリのなかに沈んじまったら誰もわからねえもの。行方不明みたいな扱いだったんじゃねえのかな。まあ、突き落とす現場を直接見たわけじゃないがね」

お茶をうまそうにすすりながら、老人は眼を細めてそう語った。

四十四　峠道に捨てた犬（北佐久郡　軽井沢）

長野と群馬の県境に位置する「碓氷峠」。

旧信越本線、横川―軽井沢間の峠越えは有名だが、現在は群馬県の横川駅までとなっている。

そのすぐ近くに「碓氷峠鉄道文化村」があり、当時のあさま号や機関車ＥＦ63などが展示されているという鉄道ファンを楽しませてくれる場所だ。

碓氷峠の鉄道建設は苦労が多かった。

峠は難所中の難所。標高差五五三メートル、勾配六六・七パーミル（傾斜を表す単位）という途方もない峠越えをしなければならなかった。

太平洋と日本海の間の道を繋ぐ重要な鉄道。

最後の難関を通すことには大きな意味があった。

建設当時は技術が未熟であったため、脱線事故などかなりの死者やけが人も出たそうだ。現在は北陸新幹線が完成して、この路線は廃線となったが、明治時代にこれだけの鉄道を作り上げた偉業は忘れてはならない。眼鏡橋やトンネル群などの文化遺産が当時の苦労を偲ばせる。

また、中山道の関所があり、山越えの難所といわれた峠。

海抜九五六メートル。つづら折りの山道カーブは日光いろは坂のそれをはるかに超えるカーブ数だ。もちろん、危険な運転による事故車、故障車も多かった。冬の碓井越えは道路も凍結するので難関であることは江戸時代も今も変わらないだろう。

また、碓井バイパスと国道一八号の峠道ではカーブ数が異なる。

一九八〇年代、ドリフト族にとって、碓氷峠は格別な場所でもあった。

漫画「イニシャルD」に影響されて、国産車を改造して、走り屋の仲間と週末に峠に走りに行っていた佐藤さんの話だ。

佐藤さんは会社員で、二十二歳のころは長野市に住んでいた。

家の一階に車を置くスペースがあり、広かったので飼い犬のための犬小屋や小さな納屋を置いていた。住居は二階だった。

ある日、整備工をしている友人の吉田さんに電話をした。天気が良いので、昼から車で集合して、峠に出かけようという話になった。

「じゃあ、後でな」

電話を切り、路駐していた車を切り返して駐車場に入れた。エンジンを改造しているので、爆音が近所中に響く。そのとき一瞬何かを踏んだような違和感があった。爆音でよく聞き取れないが、

「ぎゃうん！」

何かうめくような声がした。

犬の鳴き声か。飼い犬のケンをまさか踏んだのか？

「ケンか？」

佐藤さんを奇妙な寒気が襲い、エンジンを止めた。慌てて車から降りると、

「うううううう」

苦しそうな声がする。車の周りに犬の姿はない。となると、この下か？

見ると車高を下げていた車の下にケンが挟まっているのが見えた。

ケンが自ら挟まったのか、それとも……、鎖を引っ張っても出てこない。

(今、俺が轢いたんじゃないよな?)

嫌な思いで、ケンの首輪がついているはずの鎖を引っ張った。

まさか、まさか……。

「うがあああ！　うがっ!!」

断末魔のような犬の叫びが聞こえた。血が車の下から溢れている。

どうやら、首が車の隙間に挟まって出てこられないようだ。

「ケン、ごめん！」

佐藤さんは涙が出る思いで、思い切り引っ張った。

ずりずりずり……。

急に声が途切れ、悲しくも肉の塊のようになったケンの動かない体をひきずり出すことができた。

その塊は、首が半分切れていた。引っ張ったせいで首が切れているのか、轢いたせいなのか、全くわからない。

佐藤さんは焦ってパニック状態になってしまった。

（どうしたらいいんだ……？）

犬を殺した。となると、どこに通報していいのかもわからない。

しかも、ケンは佐藤さんの父親が飼っていた犬だった。

もう十六歳の老犬で、散歩に行くのがやっとだった。だから犬小屋から出ることはないと思って、後方も確認せず駐車場に入庫してしまった。

いずれにしても、父親にケンがこんな死に方をしたことは言えない。その日は出張で父親が不在だったが、キレたら狂犬より怖い親父に何て言うか、そればかり考えて焦っていた。

（とりあえず、死体を隠そう）

すぐにケンの遺体を黒いビニール袋に包んだ。柴犬の雑種だったケンは、普通の柴犬よりも大きく秋田犬くらいの大きさがあった。

「ぐう」

死んだと思っていたが、少し息があるようだった。いや、単なる死後けいれんかもしれない。

だがもう病院に連れていっても金がかかるだけだ、これからせっかく遊びに行くのに、そんな時間もない。

非情にも、そんな気持ちでケンの変わり果てた姿に目を背けつつ、袋につめこんだ。

床にまき散った血をホースの水で流し、ケンの入った袋をトランクに入れて、車を走らせた。

仲間と待ち合わせの前に峠に行き、ケンを捨てようと考えていた。

あのつづら折りの山道に捨てれば、誰も探すような人はいないだろう、と。

どこをどう走ったか覚えてないが、いつものように峠道を走行し、捨てやすそうな脇道を探した。だが、その日は後ろからどんどん車が登ってくるので、車を停める余裕がなかった。

何度目かのカーブの頃、佐藤さんの体に異変が起き始めた。

スピードを出すためにアクセルを踏み込むと、背中が異様に痛むのだ。

（落ち着け……、俺）

震えが走り、これ以上の運転は危険と思い、路肩に停めた。走り屋の一団が思いっきり爆音を立てて通りすぎた。

「おっせーんだよ!」

「邪魔だ!」

窓から放たれた怒鳴り声に一瞬苛立ちを覚えたが、今は背中が痛むので休むしかなかった。

走り屋たちは通りすぎた。トランクから黒いビニール袋を取り出し、路肩の奥の林に入って埋めようと思った。だが足元は藪や枯れ葉で覆われていて、土を掘っていたら道から見えて目立ちそうだ。

袋の中で、まだビクリと動く感触があった。

(まだ生きてるのか……)

首が半分切れているにも関わらず、ケンには息があった。死んでいないようだった。だが、もう後戻りできない。どうせすぐ死ぬ運命だ……。

「エイッ」

なるべく遠くに飛ばせるようにビニール袋を投げた。背中が痛んでいたが、その瞬間、またぎっくり腰のように、ズキンと痛んだ。

「ギャン!」

犬の最後の声が聞こえたような、鳴り続けている車のエンジン音かわからないが、何か悲鳴に近い音がして、ビニール袋はすぐにその背景に同化してしまい、林に隠れてしまったように見えた。


友人の吉田さんと待ち合わせしていたファミレスの駐車場に向かった。

「よお、佐藤。お前、何か変だな。疲れてないか？」

吉田さんは佐藤さんの表情に違和感を生じていた。

佐藤さんの顔が赤黒く、むくんだように腫れていたからだ。

そして首に異様な湿疹のようなものがある。

「いやあ、別に。最近仕事がハードでさ、ちょっと体調も良くなくて……」

しばらくケンを捨てたことは黙っていようと思ったが、やはり耐えられなくなり、吉田さんには言ってしまった。

「ああ、まあな……。ちょっと犬を轢いてしまって、捨ててきたんだ、峠にさ」

「犬？　ちょっと……、捨てるのはまずくないか？　せめて土に埋めるとかしないと……。犬って、野良犬でも轢いたのか？」

「いや、うちの犬なんだよ。それが。オヤジの飼ってた犬だから、バレたらマズイと思ってさ……」

「まあ……、よその家のことはわかんねえけどさ、供養したほうがいいんじゃねえ？　取りあえず、今日のお前の顔、変だよ」

「どう変なんだよ？」

「なんか、顔も首も腫れてるみたいだしさ。俺、全然霊感とかないからわっかんねえけど、なんかあるって感じだよ。憑りついてる、とは言い切れねえけど。普通の顔色じゃねえよ、お前。今日は峠もう行ってきたんなら、行くのやめるか？」

「うん……、そうだな。実はずっと背中が痛いんだよ」

「背中か……。俺の友達が、背中が痛いって言ってたら、胃潰瘍だったけど、もしかしたらそうかも知れないぜ。病院行けよ。顔色も胃が悪いとそうなるのかも知れないしな」

佐藤さんは山で遺棄した時のことを細かく話した。。

吉田さんはその話を聞いている間、ずっと膝に鳥肌が立ち、貧血の様にめまいがひどかったそうだ。

（このまま峠なんか行ったら、自分までが事故に遭ってしまう）

直感でそう思った。

いわば、霊気のようなものを感じていたのだろう。

「そうか……。そうだな。俺も気になるから、もう一度戻って供養してくるよ」

「その方がいい。いくらなんでも、飼い犬の死体を峠に捨てるなんて良くねえな」

荒っぽい吉田さんだったが、そうしたことに関してはしっかりしていた自身が車の整備工で、事故車をよく扱うため、工場にもお祓い用の祠があり、いつも手を合わせているくらい信心深かった。

佐藤さんと吉田さんはそれきり互いに別れて帰った。


その後、佐藤さんは峠に行ったが、さっきケンを投げ捨てた路肩の場所がどうしてもわからず、日も落ちていたので見つけることができなかった。

さらに背中の痛みがひどくなり、次の日病院に行くと「脊椎ヘルニア」と診断されて、即入院手術と診断されてしまったのだ。

会社に連絡して、しばらく休むことになった。だが、ついていないもので、その会社が不渡りを出し、倒産したという連絡が来た。

付き合っていた彼女とも別れることになり、一気に状況が変わってしまった。

ヘルニアの手術もかなり難易度が高く、内側からの手術のため、内臓を取り出す大手術となった。


手術の時に麻酔を受けている最中に、常に首を絞められているような苦しさに陥った。全身麻酔なので痛みなど感じないはずなのに、首をぎゅーっと締め上げられている。完全に誰かの指がしっかりと喉を押さえている感覚になった。

いや、指じゃない。小さな手だ。子供のような小さな手の平が自分の首に手をかけている。

ケンの顔が見えた。半分溶けかかり、どす黒い肉の塊が垂れ下がって骨が出ている。その顔の下の手が、自分の首を押している。

うう、もう息ができない、苦しい、ごめん、ケンほんとにごめん……。

自分が呼吸をできていないことがわかった。

「クーン」

ケンの弱々しい声が響いた。

(ほんとにごめん、ケン、必ず連れて帰るから)

呼吸ができないままだ。ケンの足は佐藤さんの喉元を捕えたままで、外そうとしてくれない。

（ケンに連れていかれるんだな、俺は）

だが、手術中に麻酔がかかっている患者の呼吸なんてわかるのだろうか？

息ができないと不思議なもので、すうっと心地よくなってくるのだ。とにかく眠りたい、そんな風に意識が薄らいでいく。

「佐藤さん？　佐藤さん大丈夫ですか？　ちょっと、呼吸低下！　血圧、脈拍低下！」

看護師と医師の声が随分遠くから響く。佐藤さんの意識はそこで終わった。

目を覚ました。

看護師や両親、吉田さんまでが佐藤さんをのぞき込んでいた。

「ヘルニア、どうなりました？」

蘇生して、最初に言った言葉がそれになった。

覗き込んだ人たちが一斉に変な顔をした。

「ヘルニア？」

「手術したでしょ？　今」

「手術はしましたけど……、ヘルニアではないですよ」


実は、佐藤さんはケンの遺体を探しに峠に行った時に追突事故に遭い、事故から三日後に目を覚ましたのだ。だが、彼はその事を全く覚えていなかった。

峠で走り屋の車に追突され、内臓が破裂するほどの瀕死の重傷を負った。肺には骨が突き刺さり、搬送されて大手術となっていたのだ。

佐藤さんは、手術と一か月位の入院生活と辛い人生を経験した気でいたが、それは昏睡状態の中で見た長い夢だったのだ。

「変な夢を見た。俺、もしかして、いい人生は過ごせないのかもしれない」

「なんでだよ」

「俺が見た夢、不幸ばっかだった」

吉田さんは同情しながら、佐藤さんの手を握った。

凍ったように冷たい手だった。

「お前が犬を捨てたりするからだよ」

「そうだよな」

か細い声で佐藤さんが答えた。

吉田さんが佐藤さんと話したのはそれが最後だった。


結局、佐藤さんはケンの死体のことを父親に謝り、碓氷峠まで探しに行ってもらった。カーブがいくつもある中で、更に雑木林の中の特定の場所を探すのは困難であり、父親も飼い犬の遺体を見つけることはできなかった。


そして、佐藤さんは目を覚ました一か月後に、臓器不全で亡くなってしまった。

「やっぱり、ケンは最後まで恨んでいたんだと思いますよ。犬の恨みってのは相当かも知れません。飼い主に捨てられた犬も化けて出るというし」

吉田さんはそう語ってくれた。

佐藤さんは怨念の犬の首輪に引っ張られて、あの峠に向かったのかもしれない。

佐藤さんの家の駐車場には、まだケンの血のシミがこびりついているそうだ。

四十五

最期の逃亡者
あさま山荘事件

（佐久郡　軽井沢町）

長野市のとある小さなビデオショップで働いていた、利夫さんの話である。

彼の容姿はひときわ目立って見えた。身長百八十七センチ、筋肉質でやせ型。七〇年代のファッション、ベルボトムやヒッピーファッション、レイバンのティアドロップサングラス等が大流行した九〇年代のことだった。

「ちょうど松本サリン事件、東京では地下鉄サリン事件で、世の中に『テロ』という言葉が耳馴染んでいた頃でしたかね、だけどこっちでは長野オリンピックも開催されるということで、色んな人が来てた頃かな。僕は当時、二十一歳でした。親元を離れて長野で一人暮らしをしていてね。国立大の学生でね、ビデオ屋でアルバイトしてたんですよ。そしたら、やたら色んな人が僕を好んでやってきてたんです」

と、利夫さんは言う。

利夫さんは七〇年代の文化が大好きで、ベルボトムジーンズに白いTシャツ、デニムシャツを引っかけ、ビデオ屋の店頭に立っていた。まだ二十歳になりたてくらいだったが、彼の姿を五十歳から七十歳くらいまでのおじさんがやたら気に入って、お店や利夫さんの家に集まったりしたそうだ。

「何だか、その時は青春放浪記って感じでしたよ。古い小汚い六畳のアパートにいつも五、六人は遊びに来る。そして店にも数人がおしゃべりにやって来るし。店長にも『何でお前の時だけ客が多いんだ、金をちょろまかしてないか？』なんて言うんでね。モテ期っていうのかな。ヤロウばっかですけどね。俺の恰好が七〇年代風だったせいか、その世代が青春だったってオヤジが物珍しがって集まるんだなって思ってたんですよ。けどね、中には変わった客もいてね……」

その中でも二人のおじさんが、やたらと利夫さんを気に入っていたそうだ。

一人は、目つきが鋭いが、利夫さんの友達とも交流が上手く、いつのまにかお得意様以上の付き合いになっていた、気さくなおじさんだった。年齢は六十歳くらいだったろうか。

「お前さんが人気あるし、このあたりじゃ知らない人いないっていうから、来てみたんだよ」

と言って店に入って来たのが最初だった。

「そんなに有名すか？　俺？」

「ああ。知り合いがそう言ってたんでね。なんか、おすすめのビデオある？」

「新人のＡＶ女優の上モノが入荷してます」

「それ、当然借りる」

と、こんなやり取りがよく続いた。そうするうちに、家にもやってくるようになった。

利夫さん目当てに集まる連中とも交流ができたようで、一つのコミュニティになっていた。

かといって、エロビデオを上映するわけでも、下ネタで集まる会というわけでもない。

たわいもない色んな話で盛り上がるだけだった。

だが、「青春のひととき」といった風の共通の安心感が、その部屋の空気を満たして心地よかった。

そのビデオ店は客層の多くが男で、女性はあまり来なかった。店に置いてあるビデオの半分がエロビデオだったこともあるだろう。

「エロいの入ってますよ」

と利夫さんが言えば、客が殺到する。利夫さん自身の人気というより、エロビデオを気軽に借りることができる兄ちゃん、という意味で人気が高かったようだ。と、利夫さんは思い込んでいた。

そして、もう一人の男性がよくやってくるようになった。

五十歳くらいのおじさんだった。見た目はどう見ても五十歳くらいなのに、ビデオの会員証を作る際の身分証は七十歳だった。

「お客さん、すごく若いですね！　とても七十歳には見えませんよ」

「へえ、いくつに見えるんだい？」

「五十歳そこそこって感じっス」

その一瞬、男性の顔つきが変わったことを利夫さんは見逃さなかった。（あれ、もっと若くいわないと納得しないタチかな？）と思い、

「あれあれ、納得できないですか？　もっと？　四十九歳くらい？」

おじさんはさも可笑しそうに笑った。

「一歳しか変わらん。褒められてもうれしくないな。七十歳のじいさんなんでな」

利夫さんは、じっとその人の顔を見た。深い日焼けしわのようなものがあるが、七十歳

と言えば自分の祖父くらいの年齢だが、歩き方や身のこなしが祖父たちとは全然違う。身長は高くないが、肩幅があり、腕も太く鍛え上げた感があった。

「いやいや、かなり若く見えますよ」

「そう言ってくれると嬉しいがな」

老人は、ほぼ毎日というほど店にやってきては雑談した。

みんなが集まる家には一度だけやってきた。ニコニコして話を聞いて、学生のようにみんなで騒いでいたが、それからしばらくの間やって来なくなった。

それから二週間ほど経った平日の昼間に、またその老人がひょっこり現れた。

「利夫君、久しぶりだね、しばらく海外に行ってたんだ。また日本に戻ったんだけどね、しばらく離れるよ。もう最後になるかもしれへんし、最後かと思う。君と話をしたくて来たんだよ」

老人の姿は、以前より日焼けした精悍な表情に変わっていた。

「最後って大げさですよ。へえ〜。海外ですか、すごいですね？　旅行ですか？」

「いやいや、元々僕はね、海外に住んでいるんだよ。まあ、東南アジアのあちこちにいるんだけども」

「東南アジア。商社か何か、現地法人とかですか？」

老人は笑顔を少し真顔に戻して、小さな声で言った。

「軍隊、みたいなことをしてるんだよ」

「自衛隊？　海外派遣のですか？」

「ああ、いや。そうだな、君には言っておくか。僕はね、海外では軍隊を持って活動してるんだ。まあ傭兵というか、私設の軍ね……」

利夫さんには海外の軍隊という意味がよくわからなかった。その話は深追いすることなく終わった。

そして、老人はまた嬉しそうに利夫さんの姿を上から下まで舐めるように視て、こう言った。

「本当に懐かしいな。よく似てる」

「僕が？　誰に似てるんですか？」

「僕の尊敬してた人や。あさま山荘の事件は知ってる？」

「ああ、聞いたことはあります。軽井沢の……でも生まれる前だから正直あんまり……すみません」

「そうだろう、もう二十年以上前の話だからな」

そう言うと、軽いため息をつきながら、また笑顔で言った。

「僕はね、その時のあさまの関係者。逃げてしまったから逃亡者なんや」

「逃亡者というと？　僕はほんとに詳しくないんですけど、あれって何人かであさま山荘に立てこもって、みんな死んだんじゃないんですか？　あと、リンチで殺し合ったとか聞いたことありますけど……」

「あれはね、元々はそうじゃなかったんだよ。指導者が入れ替わって、変わってしまったんだよ。実はね、本当の最初の赤軍のリーダーは、利夫君みたいな奴だったんだよ。みんなで集まってワイワイやって、学生も誰でも、人が寄ってくるような明るくてカリスマがある奴だったんや……。けど、リーダーがいないうちに、だんだん組織が変わっちまったんだよ」

老人は静かに言った。

「だからね、あんたを見かけた時に、あの時のあの人だ！　そりゃ幽霊かと思ったほど驚いたんだよ……。話してみるとそっくりだしね。まさか息子さんなんかなと思ってた。けど、全然違うし、あの人に子供はいなかったし」

「はあ……」

「意味不明だろ？　そうだよなあ。あの事件は、もうこの国じゃ忘れられてんだろうなあ。だけど、みんなが忘れている頃に起きるからね。恨んでる奴らはずっと地下で恨み続けてる」

笑顔の老人の目が少しきつくなった。

「君みたいなリーダーが、本当は世の中を変えるんだよ。そう願ってたし、そう願ってる」

と言うと、老人は借りていたビデオを返却した。老人が借りるビデオは戦争物や実録映画が多かった。

エロビデオの類は借りそうな雰囲気をみせつつも、一度も借りなかった。

「あの、もうここには来ないんですか？」

ふと利夫さんはそう言った。老人はまた屈託のない笑顔でうなずいた。

「次の戦いがあるからね。前は年に一回は一か月くらい仕事で来てたけれど、軍隊も忙しくなりそうだから、しばらくは戻れないよ。行けても東京までかなあ。本当に君を気に入ってる。懐かしい気分になれたよ」

「いやいや、僕もこんな格好してますけど、まだ大学生なんで」

「ああ、そういう言い方も顔つきもあの人にそっくりだ。あの時もそう言ったんや。まだ大学生だろってな」

そう言うと、その老人は店を出て行った。

利夫さんはその時は何の気なしに聞いていたが、後で事件関係の書籍を読み、ぎょっとしたそうだ。

あさま山荘事件。一九七二年二月、十日間の攻防にて連合赤軍を名乗る革命兵士達が逮捕された場所だった。その後、その連合赤軍リーダーを筆頭に、榛名山などで仲間内の「総括」と呼ばれた壮絶なリンチにより、十四名を殺し遺棄していたことがわかった。立てこもったのは未成年二人を含む男性五人だった。

そして、その実行犯五人のうち二人が刑執行中、死刑執行前で刑務所、拘置所の中だった。もう二人は未成年のため刑期を終えて娑婆（一般社会）で暮らしている。

そしてもう一人の男、「B」は逮捕後に赤軍派の要請を受け、海外に逃げている。彼は国外にて、その後ダッカ事件などハイジャック事件も関与した。

Bだけが国外逃亡しており、今も指名手配中である。

余談だが、Bは重信房子の側近と言われていたが、重信房子自身は二〇〇〇年に大阪に潜伏しているところを逮捕された。

次の日、前述のもう一人の六十歳位のおじさんが家に遊びにやってきた。珍しくその日は他の仲間が来ず、その目つきのするどいおじさんと二人だけで飲むことになった。すると、そのおじさんも自分のことを話し始めた。

意外な事実をまた知る事になった。

「黙ってたけどな、俺、実は刑事なんだよ。東京のね」

そう言うと、警察のマークのある手帳を見せた。そして笑って酒をあおった。

「お前のとこに不審人物が出入りしているって情報を掴んでたんだよ。変なお客来なかったか？」

利夫さんは口をつぐんだ。昨日の老人と言い、この刑事と言い、自分の身分を明かさずに近づいてきていることに、やや不快感があった。

「何で僕なんかをマークするんですか？」

「ビデオショップは怪しいのが出入りするからね。少し情報があってね、今東京ではサリン事件で大騒ぎなんだよ。その実行犯の中にある組織の関係者がいるという話があってね。潜伏先がこの付近との情報があったんだよ」

「それなら他のビデオ屋にも出入りしてるでしょう?」

「いやね、似てるんだよ。君が、昔の、ある組織のリーダーだった男とね。僕も長年警察にいるせいで、一度会ったことがあるんだよ」

「その話、昨日のお客さんからも聞きました」

と、つい飲み仲間気分で利夫さんが口にすると、刑事は豹変した。

刑事というものは、この一瞬の、口を割ったときに対する執念はすさまじい。

「何だって? どんな奴か言え。それを言ったのは。名前は? 住所は? ここにも来てたか? 店に来てた客だな?」

あまりの剣幕に、まだ若い利夫さんは言わざるを得なかった。今の様に個人情報がうるさくない時代だった。会員証の名前と年齢だけを伝えた。

「そうか、それでなんて言ったんだ? どこから来たって言ってた!?」

恫喝に近い尋問が始まったようで、大きな体の利夫さんも震え上がった。

「海外に拠点があって、一か月くらい日本に滞在して、また戻るって言ってました。軍隊を持ってるそうで……」

ある程度話すと、刑事はメモを取ってしっかりと聞いてきた。

どうやら警察は不審人物がビデオショップに集まるという法則を見出しているようだった。

今の様にインターネットもそう普及しておらず、娯楽としてはビデオが一番だったからだ。店にも警察官の巡廻はある。

「ってことは、俺はその男にこの家や店で会うこともできたんだな、しくじったな……。

似顔絵を書いてくれ」

「僕、絵は下手なんですけど」

「いいから書け」

強引にあの老人の絵を描かされた。あの精悍な老人の顔を。

「これは……わかった、あいつかもしれない。ありがとう、また来る」

刑事は署に連絡する、と言って部屋を出て行った。

だが、その後、その刑事のおじさんは戻ってこなかった。

そして、二度とビデオ屋にも現れなかった。

「不思議なんですよ。この刑事に似顔絵を渡した途端、現れなくなったんです」

筆者はそこまで話を聞いて、こう思った。

もし自らを『逃亡者』と言った老人がBだったとしたら、その後、世界中で起きたテロに何か関与しているのではないか、とも感じた。

そして、そこまでの軍事訓練をしている猛者なら、似顔絵を持った刑事などいとも簡単に消す（殺す）ことができるんじゃないだろうか、だから現れないのでは……と思うし、Bは指名手配中のままで、帰国すれば直ちにあさま山荘事件のリーダー・坂口弘の死刑が執行されるとも言われている。

四十代後半になった現在の利夫さんにまた似顔絵を描いてもらった。

その絵は指名手配中のメンバーの写真に似ている気もする。

だが決定的な証拠にはならない。

もう随分老けていて、同じ人物でも二十代と五十代では容姿が違ってしまうこともある。

二人の男が同じころに利夫さんのところへやってきて、自分の話をして消えた。

もしかして、と思い、あさま山荘事件の前に群馬のベースで、リンチ殺人により亡くなった十四人の仲間の写真を見せた。

「いませんね」

やはり、違ったか……。老人は死霊ではなさそうだ。

すると、ネットで写真検索していた利夫さんが叫んだ。

「この人、この人だと思う！」

その写真は、指名手配の写真のBでなく、逮捕時の頃の写真だった。

利夫さんはこれまで全くそうした写真を見て来なかったので、

「懐かしい、この人の面影がある」

と話した。

もちろん、利夫さんと会った時点でも、日本にいるはずがない人だ。

「あの、この人もう死んでるかもしれませんよね。あの時の人ももしかすると幽霊かもしれませんよ」

急に利夫さんの顔色が悪くなった。

「でも、死んだ人とは思えないです……。本当に自由そうで、生き生きしてたんですよ、あの人。七十歳には見えない、五十歳くらいで……」

挿絵 V/T

「あの事件の関係者なら、当時五十歳くらいですよ」

ますます利夫さんの顔が青ざめた。

逃亡者のことは筆者に会うまで全く知らなかったようだ。

利夫さんが会った老人の特徴を話してもらい、似顔絵の描ける絵師に書いてもらったものを公開する。

利夫さんが約二十年前に会った「あさま山荘事件」の関係者と言った人物。

読者のみなさんはどう思われるだろうか。

この長野にもう一度、彼は現場を見に戻ってきたのだろうか。

四十六　妊婦画ホテル（長野県　信濃町）

野尻湖に近い場所にあるラブホテル、ホテルスイート（仮名）で起きた話である。現在は廃墟となり、悲惨な内装になっている。

まずもってここに近づかない方がいいという噂が立ってからは、だれもホテルスイートで肝試しなどやらなくなった。

以前はホテル内に飾られている落書きの絵が不気味だと評判になった。それは、妊婦の大きなおなかに包丁が刺してある絵だった。

落書きが異様である上に、ここにはある黒い噂があるのだ……。

林さんは仲間とホテルスイートに肝試しに出かけたことがあった。高校を卒業して車の免許を取ったら、まず心霊スポットに行くのが仲間内の流行りでもあった。

友達二人でホテルの近くに車を路駐して、懐中電灯を持って入った。

「何も、夜に来なくてもよくねえ？」

「夜の方がスリルあるって」

そうやって二人でくっつきながら恐る恐る入った。

一階に駐車場があり、そこは真っ暗で何も見えなかった。

中に入り、妊婦の落書きの絵があるというところまで入った。

噂では、妊婦の裸の絵に卑猥な言葉、しかも「不倫をしたいから電話をください」など、エロ小説ばりのことが書いてある。どうやら同じ人間が、ホテルが廃墟になってから、あちこちの部屋に落書きを描いているようだ。

林さんたちは、一部屋に入っただけで足がすくんだ。

懐中電灯の弱い光の中に見えるものは、
ボロボロの壁紙。

垂れ下がった天井。

色が変わり果てたベッド。

そして、両足首。

「ひっ！」

もう一度ライトを当てる。変わり果てたベッド、それだけだった。

「見間違いか」

林さんの心臓が異様に早く打ち始めた。さっきの足首、何なんだよ。ベッドで人が仰向けに寝ている感じだったよな、確かにそんな感じだったよな。

ゾクゾクした寒気まで襲ってくる。表面じゃなく冷たいものを覆いかぶさったような寒さが背後から襲ってくる。

「寒気がしてきた、やっぱり、もう出ようか」

友達が黙ってついてきている。

「何だよ、何か言えよ」

「いや、今言うのはやめる」

「なんでだよ、言えよ」

「……。ついてきてるから」

「だ、誰が？」

「たくさん。女。男もいるな……」

「どうすんだよ?」

「絶対振り向くなよ。振り向いたらヤバイから」

そう言うと、友達は強く林さんの背中を叩いた。何度も叩く。

押し出されるような空気圧があった。もう他の部屋を見ることはできなかったし、噂の妊婦画も見ることができなかった。

ホテルの外に出て車に乗ると、友達が更に言った。

「この車すぐにお祓いに出したほうがいい」

冷静に言うので、それ以上何も言えなくなり、林さんはキーをまわして車をスタートさせた。

しばらく行くと友達が言った。

「野尻湖には行かない方がいい」

そっち方面に向かっていたが、Uターンして戻った。またさっきのホテルの前を通ったら、一階の駐車場に人が立っていた。

林さんはぎょっとしてそっちを見ようとすると、

「見ない方がいい」

友達の言うままに、前だけ見て走った。

二キロほど行った後にやっと落ちついて、話をし始めた。

「さっき背中叩いたの、何だったんだよ？」

「お前がビビってるから、あの部屋に溜まってた霊が一斉についてきたんだよ」

「だから叩いたのか、結構痛かったぞ」

「叩いた分、霊が憑いてたんだよ」

林さんはあのときの背中にずしりと来た寒気を思い出していた。

「結構叩いたよな」

「十体はいたからな」

「ベッドで足首見たんだけど、あれも幽霊か？」

「あのベッドに三人寝てたよな」

「何で、野尻湖行くのダメだったんだ？」

「道の先に待ってる女の霊がいたんだ。多分湖についていって、事故を起こすような悪霊に見えたから、湖に間違って転落する車はそういうの連れてるんだよ」

と静かに答えた。

林さんの友達は入った時から、霊が渦巻くようにして部屋に待っているのが見えたそうだ。ベッドには仰向けで寝ている霊体が三人、風呂場や壁に貼りついてじっと見ているのが五人はいたそうだ。

そして、その部屋の中にいればいるほど、廊下や窓から霊が入り込んで、怖がる林さんの背中にしがみついていたという。

このホテルでは、強姦された女性が自殺したり、駐車場ではホームレスがリンチに遭って放火されて焼き殺された、等の事件があったという。

その真相は明らかではないが、ホテルスイートに霊体がはびこっていることだけは確かなようだ。

後で、林さんは心霊スポットに出かけた大学生が帰りに事故に遭い、死んだというニュースを見た。崖から落ちたらしい。

霊を乗せてしまったのだろうか？

四十七　あさま山荘　死霊の激突（佐久郡　軽井沢町）

一九七二年二月十九日、軽井沢レークタウンに五人の連合赤軍兵士が現れた。かねてより榛名山、妙義山と群馬から長野への県境に移動する情報があった。

群馬県警ではほとんどアジトを押さえられていたため、警備が手薄な長野に移ろうとしていることは明白だったが、

「冬の妙義山越えを素人ができるものではない」と判断していた。

だが猛吹雪と大深雪の中、十～二十代の若き兵士達は越えてきた。

しかし、本来彼らは佐久市が目的で、この軽井沢という目立つ場所に出たかったわけではなかったのだ。道をあやまり、ここに行きついたのだという。

連合赤軍ナンバー三の坂口弘をリーダーとした、吉野雅邦、坂東國男、加藤兄弟の二人、合わせて五人である。

連合赤軍とは、永田洋子率いる「革命左派」と森恒夫率いる「赤軍派」が合併したもので、群馬県の山中にベース（基地）を置いて軍事訓練等、共同生活を行っていた。

しかし、二十代の男女と二つの派閥の統制の中で、共産主義理論にズレが生じ、元々武闘派の二つの組織の共同生活であるため、互いにけん制し、逃げるもの＝裏切者とみなして処刑を始めたのだ。

共に戦い、結婚して子供を産み、革命の子として育てようとした楽園の理論は、厳しい雪山での生活の中で、猟奇的に人をいたぶり、殺すことに変化してしまった。

この辺りの心理の変化は、当事者の森は自殺したためわからないが、永田洋子の手記にも綴られている。

連合赤軍の仲間が次々と死亡、脱落、逮捕された後、残った五人が、行きついた先の「あさま山荘」に立てこもり、十日間の死闘が繰り広げられた。

この時は各社テレビ局が生中継し、最高視聴率は九十パーセント近くになった。長野県警はほぼ総出、群馬県警の他に山梨等他の県警も応援し、更に警視庁からのコンバットチームや機動隊が、この凶悪事件に対して真っ向勝負をした。

この時、総指揮を執ったのが、佐々淳行警視正である。東大安田講堂の籠城事件や学生運動から爆弾テロやハイジャックに暴走化していく連中を捕まえるのが特命の日本式FBI捜査官でもあった。だが、地域の警察との連携もまだまだの時代で、うまく命令系統がいかない場合の方が多かったようだ。

こっちは毎回爆弾テロと戦っているが、長野に初めて現れたテロ集団。県警も最初は単なる逃亡者の山狩り程度に思っていて、警視庁の協力を拒んでいたそうだ。警察特別車両と警察犬だけでいい、と言われる一幕もあった。

だがその考えはすぐに打ち破られる。

県警の警官が二名狙撃されてしまったからだ。

連合赤軍五名は、あさま山荘に立てこもり、その管理人の牟田さんの奥さんを人質に取った。五名はライフルや散弾銃を所持しており、爆弾も持っていた。

親や関係者が説得しても、ライフルを打ち込むだけで全く攻撃を止めない。しかし、当時の後藤田長官の至上命令で「警察は武器を使うな」であり、「犯人を打つな、生け捕りにせよ」が基本にあるため、手も足も出ない。

その間に民間人一名と警官一名が死亡、大けがを負う人や失明者も続出した。犯人たちは銃を打ち放題に打つのだが、しっかりと顔を狙って打って命中させる。

銃の腕前は、兵として鍛えられたためか、異様に上手い。

二月二十六日。報道協定が軽井沢のますや旅館で行われた。

いよいよ犯人を追い詰めて、銃使用の許可を出して戦うXデーに向け、記者会見が行われた。それまで犯人たちはテレビの生放送を見ていたので、警察の動きもまた逆に見図られていたのだ。

人質救出作戦、それは絶対に失敗できない戦いだった。

Xデーは二月二十八日。

二十九日の方が、天候がいいから。という理由で、日にちの変更も考えられたが、

「二十九日に殉死したら、四年に一度のうるう年にしか拝めなくなるだろ!」

という決死の思いと、人質の体力の限界もあった。

前日、決死隊が組まれた。警視庁の機動隊、県警から派遣された手を挙げる警官たちの面立ちは、まるで戦場に向かう兵のようであった。

警察は、それまで零下十五度の寒さの中、何日間もトラブルやミスに見舞われた。佐々氏も寒さと銃の恐怖に怯えながら、指令を待っていた。

ずっと重圧のようなものが佐々氏を取り囲むと同時に、奇妙な空気の重さが縛り付ける。どんなに警察や親が説得しても、ライフルを乱射するのみ。

（なぜこいつらはこんなにも狂気にかられているのだ……簡単に人を撃ち、話も聞かない）

立てこもっている連合赤軍兵士の人数の把握ができなかった。

もちろん窓から顔を出すのは二名のライフル射撃手。

一味が五人らしいということはわかっていたが、狙撃主が誰かがわからない。

寺岡恒一。連合赤軍（革命左派側）の兵士。

その人物が中に必ずいると思い込み、寺岡の親が呼びかけに協力をした。

だが、寺岡はもうすでに群馬県のベースで「処刑」されていたのだ。

寺岡の腕を縛り、胸を開かせて、みんなで心臓を狙いアイスピックで刺したが、苦しむだけでなかなか死なない。最後はみんなで綱引きの様に首にひもを巻き付けて引っ張って窒息死させた。そして、裸にして土に埋めた。

「こんな死に方したくない、戦って死にたかった」

と最後に言ったという。

しかし、この事実は事件後に発覚することであり、なぜか寺岡があさま山荘にいると警察全部が思い込んでいたのだ。

これは、とても不思議なことである。

死んでいるはずの人間が戦っているように思われていたのだ。


二十八日、午前十時。ここから全国に向けた生放送がまた開始された。国民の約九割近くが実況中継を見ていた。五分前の最後の通告も、やはり犯人は聞かなかった。彼らの答えは、警察に向けての銃の乱射だった。

「各部隊は現時点をもって、既定の方針通り行動を開始し、所定の警備に当たれ」

銃撃戦の中、隠しておいたクレーンを動かす。クレーンはその切っ先を伸ばし、吊るされた鉄球が大きくテイクバックする。

眠っていた巨人兵器が、大きく手を伸ばした瞬間だ。

誰もがその動向に息を飲む。

犯人らがいると思われる三階部分にドカーン!!　と命中する。

中にいた犯人らは相当に動揺した。一体何だと思っていると、二発目がぶちこまれる。

これが続き、山荘の壁は次々と鉄球によってぶち抜かれていく。

「あともう一回、行け！」

鉄球は思い切りぶち抜き、山荘の壁を三分の一ほど壊した。ついに銃眼を捉えた。むき出しになった三階内部。そして次は屋根に鉄球を落とす。屋根が裂ければ、鉄の爪に付け替えて建物を破壊し、丸出しにしていく。

元々東大安田講堂の時も佐々氏はこのアイデアを持っていたが、安田講堂が歴史文化財だったため、破壊できなかった。あさま山荘は河合楽器の保養所だったため、了解を得て、このクレーン鉄球作戦を決行したのだ。

この後に決死隊が一階と屋根裏から入り込む予定だった。ところが、このクレーン車の操縦部分に居た高見警部に犯人の弾が命中。この間も乱射が止まらない。

「なんて奴らだ。ここまできて、どうして撃つのをやめない……」

赤軍兵士たちは白旗を上げる気は一切ない。むしろ赤旗を掲げたいのだろう。

高見警部は顔を撃たれて死んだ。

その後、内田隊長もバリケードの横で狙われ、ほぼ即死。

士気が下がる中、なんと今度はクレーンがエンストし、鉄球がだらんと止まった。もう一刻の猶予もなく、遂に警察側の銃の許可が出た。侵入した決死隊に連絡を入れたが、銃声が一切響かない。

最前線に出た佐々氏は、中で言い争う部隊に出くわす。

催涙弾を投げ込んだために、犯人へのダメージはあったが、同様に同じ人間である機動隊にもダメージがあったのだ。放水とガス、どちらを使うかでもめていたが、何とか水を確保し放水延長に切り替えた。相当な水圧がかかるので、ホースを持つのも数人がかりだ。放水している最中を狙い撃ちされる可能性もある。

壁が破壊されても、犯人はまだ布団などを置いて乱射が続く。隣のベランダから大楯で機動隊が集結しているが、撃たれっぱなしだ。

内側から三階入り口まで詰めかけたところに犯人は鉄パイプ爆弾を投げた。

機動隊員たちは重症を負い、一時戦闘意欲を無くし、動きが全く取れなくなった。

時刻は夕刻に迫っている。日暮れになってしまえばまた視界を見失い、寒さが襲う。人質も体力の限界だろう。

目の前に敵が迫っている、味方が何人いても、説得も何も容赦しない狂気の軍団を目前にするほど危険なものはないだろう。

一体、奴らはいくつ爆弾を持っているのだ？　とにかく放水に放水を重ねた。爆発物に着火できないようにするためだ。

この時、気温は昼間でも零下十度以下。水と雪と氷の中での死闘。

山荘内はさらに悲惨な状況だった。

十三気圧の延長放水が功を奏し、見事に壁を打ち破り始めた。

山荘内部もついに、三階バリケードを崩し、大楯のみで犯人を追い詰めた。最後までライフルを撃ち続け、大楯を抜けて目を打ち抜かれた警官もいた。

佐々氏はこの十日間、ただライフルを乱射し続け、何の要求もなく、人質は返さず、親の言葉も聞かない犯人たちに、自然の要塞のように崖にそびえ立つ、あさま山荘の雰囲気に底知れぬ重い空気を感じていた。

（この重い空気感は何だろう？）

その時は、まだ理由はわからなかった。

時刻は十七時三十七分。すっかり夕闇が迫る時刻。

ついに機動隊は犯人たちを捕らえた。そこには、獣のように悪臭を放つ垢だらけで真っ黒の五人の若者がいた。

顔を見せたがらずにうつむく犯人たちは「顔をしっかり見せるんだ」という号令により、髪を引っ張られ、軽井沢を、そして日本を騒がせた凶悪犯の顔を九割の国民がテレビでしっかりと見ることになった。

その時初めて、犯人は五人であり、寺岡はいなかったとわかった。

そしてすでに殺されていたことも、この後に知ることになる。

その後、前に逮捕された連合赤軍リーダーで、リンチを命令した森恒夫の自供やあさま山荘事件の犯人五人のうち一番若い十六歳の加藤が口を割り、

「ベースでは総括の名の元に、同志を殺し、山に埋めました」

と白状したことから、十四名の死が発覚。

殴る蹴るの暴行に食事を与えず　極寒の外につなぎ、死んだら裸にして穴に埋めた。掘り出された遺体の中には妊娠八か月の妊婦と胎児もいた。

佐々氏はそのリンチ発覚の後に、この事件での一連の重苦しい空気感は、そこで無念に死んだ仲間が怨霊となっていたのではないかと告白している。

また、なぜか軽井沢に迷い込んだのも、最初に都内のアパートで殺され印旛沼に捨てられた向山茂徳が長野の生まれ育ちだったことに関係しているのかもしれない。

導かれるようにこの軽井沢に入り込み、一網打尽になった経緯には、向山の恨みがあったかもしれない。

死んだ仲間の為に戦う、という意識があったというが、その無念の魂が憑りつき、彼らが二度と英雄化されないように取り返しのつかない狂気を残った者達に与えた、そんな気がしてならない。

なぜそんなことをしたのか？　という問いに、事件の犯人たちは明確な答えを出していない。霊に操られたと言うべきか。

リーダーの森は拘置所で自殺、永田洋子も脳腫瘍で亡くなった。

仲間を殺した罪の意識と、その怨念に耐えきれなかったのかもしれない。

神は、凶悪な人間にわざわざ沙汰は下さないが、悪魔を派遣するともいう。

そしてその悪魔は死神に変わり、殺し合いをさせるという。

筆者は、あさま山荘の現地に赴き、現状を見てきた。

この辺りは別荘地であり、関係者でないと立ち入ることができない。筆者はこの一帯の別荘関係者とその道筋をたどった。

四十五年前にこの事件が起きた頃よりも、鬱蒼《うっそう》とした森になっている。レイクタウンといわれているが、湖というより、山奥というイメージが強い。

急勾配を上がった先に山荘はあった。

近くに住んでいても、たどり着けないような迷宮の中にある。

私達も道を間違えたりはした。広い山奥のような立地の別荘地は、地図に載っていないのだ。関係者でさえ迷うと言う。

その時、筆者が乗っていた車の運転手さんが言った。

ドライバーとしては一流の腕前の人だ。

「今だから言いますけどね、最初、道を間違えて進んだとき、あなたが『あっ』と言ったでしょう？　あの時異様にドキッとしてね。そしたら、初めてですよ。このオートマ車が止まったんです。エンストする！って思ったんでね、驚きましたよ。今までエンストなんて起こしたことないですから。しかも坂道って場所でもないでしょう?」

その道は間違いだった。そこでUターンすることになったが、エンストしかけなければ、間違って進んでしまい、山荘にはたどり着くことはできなかっただろう。筆者もなぜ「あっ」と言ったのか覚えていない。

筆者がこの森に入ったとき、幾つもの道と同じような木々を見上げ、富士の樹海を感じた。どこへ行っても同じ景色が広がり、小さな看板すら「○○通り」としか記載がない。

筆者がここだと思った道があり、そこを進んだ先にあった。

どんな地図があってもたどり着くのが難しい。木々がなかった頃でも、雪の中にここへとたどり着いた苦労がしのばれる。

カーブを越えた辺りに小さなスペースがあり、そこに慰霊碑があった。

これが当時殉職した警官たちの慰霊の塔だと、見たこともなかったのに感じた。

それが決め手で、その先に見えたのは、あのあさま山荘の屋根と壮絶な戦いが行われた三階部分だった。

「ここだ!」

思わず声をあげた。

別荘地はほとんど人を見かけない。関係者以外が入れない山といった趣で、一つの「誰も知らない村」のような、山の闇のような雰囲気があった。

群馬の妙義山を越えるルートをイメージし、車でここまでたどり着いたときには、当時の連合赤軍五人の気持ちが少しわかったような気がした。

筆者が訪れた時は、台風の接近中であり、初夏でありながらも雨と寒さと濃霧で視界が阻まれていた。

ただ、不思議な事に台風が接近していながら、高速道路から長野に至るまで無風状態だったのだ。

だから行くことができた。


銃撃戦のあったあさま山荘の壁や屋根は、今はきれいに修復されて以前とは別のオーナーが所有している。

その場所に立ち、写真を撮りだすと急に霧が立ち込めてきた。それまでも濃霧で峠やバイパスを越えるのが危険な最中を越えてきた。

写真を撮影するのもそこそこに、目印となった慰霊の塔に向かって敬礼をした。

しかし、その黒御影石の慰霊の碑やお地蔵様のようなものも、一体だれがだれのために祀っているのか不明だ。

石には『祷《いのる》』と彫ってあった。

殉職した警官がいた場所、そして鉄球が打ち込まれた山荘の三階部分の前で撮った写真を見ると、筆者の顔が大きく曲がって写っていた。

その場に立った時に感じた立ち眩みのような頭痛も忘れられない。霊気は体を襲うように、しばらく頭痛が止まなかった。

「ここに来い」

というメッセージは確かに感じた。

それがどういう意味なのか、いつかわかる日がくるだろう。

あの日、九十パーセント近くの日本国民が息を飲んで見つめていたこの場所は、長野の迷宮であり、簡単に人を近づけない空気が漂っている。

四十八　線路に生首（長野市　安茂里）

「もうかれこれ六十年くらい前になるかな。あのころは、鉄道に踏切が無くてね。信越線だったと思うけど、うろ覚えだな。とにかく国鉄の列車が走ってたんだよね。だけどね、踏切がないもんだから、しょっちゅう事故が起きてね……」

七十歳を過ぎた小竹さんはゆっくりと話し始めた。

今は「安茂里駅」となった場所の辺りの話だ。長野工業高校の移転跡に駅ができたというが、以前、この場所には線路しかなかったようだ。

「そこで見たんだよ。線路に生首が立ってるのをね。子供のころだったから、視てゾッとしてさ、わーっと友達と逃げたりしてね」

踏切がないので、鉄道事故が多発していた地域。

本物の生首か、霊の首かもわからなかったそうだ。

「そんな時にね、隣のおじさんが自殺か何だかわからないんだけど、事故に遭ったんだよ」

小竹さんは遠い目をして言った。

「そしたらね、線路に生首が立ってるんだよ。それが隣のおじさんなんだ。首だけスパッと切れるんだろうね、あの血だらけの顔は忘れられないよ。だけどね、子供っていうのは最初怖がるけど、だんだん強気になっていくっていうかね。友達とその生首を見に行こうってなったんだよ。生首ってのは、首をさらすのもあるけど、立つようにできてるようなんだよ。普通は、『ごろん』ってなるとおもうよね、それがきちんと立つんだよね」

隣のおじさんの生首が線路にあったのだそうだ。どういう状況だったのか、しばらくその生首だけ線路近くに放置されていたようだ。悪ガキがそれを見にいったり、今と同じように肝試しに行ったりしていたという。

「でね、毎晩その生首が襲ってくるような夢を見たんだよ。あの隣のおじさんがね、僕にあの目が飛び出た血だらけの生首で噛みついてくるような。しばらくは怖かったよ、さすがにね」

子供心にその生首が残像のように見えたようだ。

「そしたらね、すぐ後だったかな。一緒に遊んでいた友達のお兄さんがまた事故に遭ったんだよ。そしてまた、その生首が線路に立ってたんだそうでね。さすがにもう僕は見に行かなかった」

事故多発地帯のものとしても、薄気味悪い話である。

四十九　善行寺参りの黒い影（長野市元善町）

善光寺参りに行った小林さんの話だ。

娘と息子の三人で、長野で日帰り旅行を楽しんだときのことだ。

日程の最後に善光寺へお参りした。

小林さんは夫と仲が悪く、今回の旅行も何の相談もせずに子供を連れて行くことにしていた。夜遅く帰る夫の食事など心配はしていない。

子供も中学生と高校生。もう手がかからなくなってきていた。

色々思いあぐねることがあり、この善光寺まで足を伸ばしたのだった。ご利益なり良縁なり、今の夫と別れることを考えて、手を合わせた。

善光寺の山道は賑やかな出店があり、子供たちはそこに夢中になっていた。

「もうバスの時間になるから、早くお参りしよう！」

と子供たちをせかして、本堂に入る。

真ん中に煙がもうもうとしたお焚き上げがある。そこに行こうとしたとき、
ドン！

と小林さんの肩に誰かがぶつかった。サラリーマン風の男のようだった。

あまりに激しいぶつかり方で、体がよろけるほどだった。

「お母さん、大丈夫？」

子供二人が声をあげた。

「大丈夫、今の人、ぶつかっておきながらお礼もなかったね」

と、小林さんはその男が去って行った参道のほうを見た。

それらしい人は誰もいなかった。

そもそも、この日は雨がしょぼしょぼとふる平日で、参拝の人自体がまばら。参拝客は
ほとんどいなかった。

「あれ？　今ぶつかったのに、どこに行ったのかしら？」

と小林さんがつぶやくと、

「お母さん、誰もぶつかってないよ」

と、子供がおそるおそる言った。

「そんなはずはないわ、かなり痛かったし。見てないだけでしょ」

と言いながらも、小林さんは少し怖くなった。

とにかく手を合わせて、ご利益ある置物を撫でて、一通りのお参りを済ませて帰った。

ぶつかった場所の肩が妙に重い。お参りをいくらやっても治らなかった。


その後、夫が事故を起こしたり、失業したり、小林さんも追突されたりと、ろくなことがなかったそうだ。善光寺にお参りしたというのに。

だが良い事もあった。夫婦仲が良くなったのだ。夫は転職したおかげで早く帰るようになり、笑顔も出るようになった。

「あのときの黒い影は、あのあと起きることを教えに来たような気がしますよ。『前触れ』っていうか……、私も夫も車にぶつかったりぶつけられたりしたんでね。でも離婚とか、死ぬほどのことは無くて良かったけれど」

と小林さんは話してくれた。悪霊ではなかったようだ。

善光寺はかつて甲斐の武将・武田信玄が、ご本尊が欲しくて長野に攻め入り、川中島の決戦になったとも言われるほどの霊験がある寺でもある。

武家が支持した善光寺は、今も当時と変わらず静かに鎮座している。

おわりに

このたび、長野在住の丸山先生と共著させていただきました。

先生と僕の書く怪談はまるっきり違います。美しい文体、表現力の豊かさ。独特の染み出る怖さ。僕自身が丸山怪談の大ファンでもあります。

実際、先生の生原稿を読み、その完成度の高さにガツンとやられました。

即、自分の文章の総書き直しを行ったほどです。

これまで僕は、地域の怖い話を伝承する思いで書いておりました。

しかし今回は、丸山氏の文章に負けないように書かねばならない。そのためにはどうすれば上手く表現できるのか、という良い意味での戦闘意識に駆られました。

いわば、丸山政也氏自体が、「僕の長野」なのです。

この長野という広大な地と、知力の高い方々の目に叶うには、相当の知識を持ち、読んで頂ける内容にしなければ、と更に筆力の精度を上げた次第です。

それは、僕自身の大きな成長と良き分岐点になったと思っています。

そして、書籍内ではあさま山荘事件について書いていますが、これには不思議な縁がありました。元々「あさま」という名の方が連絡してきたことから始まります。

そこから「あさま山荘事件」に関係した話を聞くことができました。

この事件は、若者や信奉者の狂気が絡んでいます。それは、殺し合った仲間の死霊が憑りついたものだったんじゃないか、という論点でした。

相当な資料を読み、行きついた先は、警察側の佐々淳行氏の言葉でした。

佐々氏は、明確にこの狂気を霊と評してあります。

佐々氏は、僕が卒業した高校の創始者、佐々友房先生のお孫さんです。母校の生徒らしい雰囲気がありました。熱量やユーモア含めて。尊敬すべき方です。

彼は当時の激化した学生運動の対応をしていましたが、祖父の友房先生こそが西南戦争で熊本隊（薩摩軍側）として参加し牢獄に入り、「これからは教育だ」として現在の熊本県立濟々黌高校の前身となる私塾を創った方なのです。

革命戦士かテロか、見極めは難しいですが、それを取り締まる側になった淳行氏も任務に意味があります。

連合赤軍リンチ事件、あさま山荘事件は二・二六事件から約三十六年後に起こりました。その間に太平洋戦争や貧しい戦後を潜り抜けても、同じような暴力的革命思想が起こりうるわけです。

もしくは、その思想を持った霊魂が次々と世代を超えては、ターゲットに憑りついて事件を起こしているのかもしれません。

もうひとつ、長野には深い思い出があります。

僕がまだ二歳位の頃、父方の祖父母が大変心配をしていました。

「この子は重信房子のようになる、末恐ろしい」

幼児の僕にそういう真性が見えたようでした。二歳で本を読み、何でも覚えたのと、人心を掴むのが上手かったから、そしてどこかに冷酷な雰囲気でもあったのでしょうか。

未だにその意味が把握できていません。日本赤軍じゃなく、せめて下剋上の戦国武将に似てる、としてくれたらいいのにとは思いました。

ところが、それを大否定したのが僕の母方の祖父母でした。

「この子は文の才能が豊かなだけだ」

そう言って、祖父母との初旅行は、軽井沢に行きました。

僕は実家が九州でしたから、軽井沢や東京はかなり遠い旅行です。

当時、横川から軽井沢まで電車でトコトコ下ったのと、峠の釜めしを祖母が走ってホームに買いに行き、駅弁で食べた記憶があります。

着いたのがつるや旅館。そこには名だたる文豪が泊まり、執筆したという年季の入った老舗旅館でした。

その時に、店の老主人から鶴の鐘の置物をもらいました。これが良い音色で、祖父母も亡くなる前まで呼び鈴として愛用していました。

その老主人は、滅多にそんなプレゼントは渡さないのだそうです。


旅行の後、僕は信越線の駅名全部と、川中島の合戦の唄の歌詞を全部覚えていたそうで、祖母は驚き、とても喜んでいたのを覚えています。

「この子は文の才能以外に記憶の才能まである」と、どこまでも僕の「文才力」を力強く推し、三歳になったら日記を与えられ、毎日日記を書く生活を送りました。

それが今に繋がっています。

最初に軽井沢に行かせたのは、もしかすると、あさま山荘の現場を見せようと思っていたのかもしれません。

何もかも、自分の目で見てから納得するように、と祖母は教えてくれました。

おかげで僕は、目で見たものを信じ、思想や宗教等に攪乱される人生は送らずに済んでいます。


人は表裏一体、刀のようなものです。

赤軍の若き戦士のことも書きましたが、教育と愛情が人を育みます。

育てるとは、愛情を教えることです。その子の才能を抱きしめることです。

僕にとっての長野は、最初の才能を目覚めさせた場所でもあります。

『長野の怖い話』が、長野の子供たちの心にも残り、いつか同じように怪談を書いたり小説を書いたり、自分の才能を見つけ自分で伸ばせる日が来ることを切に願います。

そして、現地調査にご協力頂きました皆様に、心から感謝申し上げます。

一銀　海生

参考文献・出典・初出・引用

『怪談実話　死神は招くよ』丸山政也著　メディアファクトリー文庫
『怪談実話コンテスト傑作選3　跫音』東雅夫他編　メディアファクトリー文庫
『実話怪談　奇譚百物語』丸山政也著　竹書房文庫
『杉村顕道怪談全集　彩雨亭鬼談』杉村顕道著　荒蝦夷
『信州の口碑と傳説』杉村顕著　信濃郷土史刊行会
『山怪実話大全　岳人奇談傑作選』東雅夫編　山と渓谷社
『山の怪奇・百物語』山村民俗の会編　エンタプライズ刊
『日本怪談実話〈全〉』田中貢太郎著　河出書房新社
『日本怪奇物語』平野威馬雄著　日本文芸社
『信州の民話伝説集成　北信編』高橋忠治著　一草舎
『信州の民話伝説集成　中信編』はまみつを著　一草舎
『信州の民話伝説集成　東信編』和田登著　一草舎
『信州の民話伝説集成　南信編』宮下和男著　一草舎
『山の伝説』青木純二著　長野県図書館協会編　一草舎
『信濃伝説集』村澤武夫著　長野県図書館協会編　一草舎
『首塚・胴塚・千人塚』室井康成著　洋泉社
『あゝ野麦峠　ある製糸工女哀史』山本茂実著　角川書店
『信州ミステリー紀行』読売新聞長野支局編著　ほおずき書籍
『月鏡』出口王仁三郎著　みいづ舎
『図録・松代大本営』和田登編著　郷土出版社
『松代大本営の真実　隠された巨大地下壕』日垣隆著　講談社現代新書